LA FARCE

DU MÊME AUTEUR

Rage de dents, Actes Sud, 1996.
Via Gemito, Fayard, 2004.
Les Liens, Fayard, 2019 ; Le Livre de Poche, 2021.

Domenico Starnone

La farce

roman

Traduit de l'italien
par Dominique Vittoz

Fayard

Couverture : © Hokus Pokus Créations

Illustrations intérieures par Dario Maglionico

Cet ouvrage est la traduction intégrale,
publiée pour la première fois en France,
du livre de langue italienne :
Scherzetto
édité par Giulio Einaudi Editore s.p.a., Torino

ISBN : 978-2-213-70578-1
Dépôt légal : avril 2021

Chapitre 1

1.

Un soir, Betta me téléphona, plus stressée que d'habitude, pour me demander si je pourrais garder leur fils pendant que son mari et elle participeraient à un colloque de mathématiques à Cagliari. Je vivais à Milan depuis une vingtaine d'années et la perspective du voyage à Naples et d'un séjour dans la vieille maison de mes parents, que ma fille occupait déjà avant son mariage, ne m'enchantait guère. J'avais franchi le cap des soixante-dix ans et un long veuvage m'avait déshabitué des cohabitations, je n'étais à l'aise que dans mon lit et ma salle de bains. Par-dessus le marché, quelques semaines plus tôt, j'avais subi une opération bénigne qui, dès les premiers jours, à la clinique, semblait avoir fait plus de mal que de bien. Les médecins avaient beau se présenter dans ma chambre matin et soir pour me dire que tout s'était passé normalement, mon taux d'hémoglobine restait bas, la ferritine laissait à désirer et, un après-midi, j'avais vu de petites têtes, blanches de crépi, sortir du mur d'en face et s'élancer vers moi. On m'avait aussitôt fait une transfusion, l'hémoglobine était un peu remontée, et ils avaient fini par me renvoyer chez moi. Mais je récupérais mal. Le matin, j'étais si faible que pour me lever je devais rassembler toutes mes forces, m'agripper à mes cuisses, pencher le buste en avant comme si c'était un couvercle de valise, bander les muscles des membres supérieurs et inférieurs avec une détermination qui me coupait le souffle ; et quand la douleur dans le dos se calmait enfin, je réussissais à redresser tout mon squelette, mais avec précaution, en détachant doucement les doigts de mes cuisses et en laissant pendre mes bras sur le côté avec un râle qui durait jusqu'à ce que la position debout soit définitivement atteinte. C'est pourquoi mon premier réflexe fut de répondre à la requête de Betta :

« Tu tiens vraiment à assister à ce colloque ?

– C'est mon travail, papa : je suis chargée de l'introduction et Saverio présente son intervention l'après-midi du deuxième jour.

– Combien de temps partirez-vous ?

– Du 20 au 23 novembre.

– Donc il faudrait que je reste avec le petit, tout seul, pendant quatre jours ?

– Salli viendra tous les matins, elle fera le ménage et la cuisine. De toute façon, Mario est complètement autonome.

– Aucun gamin de trois ans n'est autonome.

– Mario en a quatre.

– Même de quatre ans. Mais là n'est pas le problème : j'ai une commande urgente que je n'ai pas même commencée.

– De quoi s'agit-il ?

– Je dois illustrer une nouvelle de Henry James.

– Qu'est-ce que ça raconte ?

– Un type retourne dans une vieille maison qu'il possède à New York et y trouve un fantôme, le fantôme de celui qu'il aurait été s'il n'était pas devenu homme d'affaires.

– Avec une histoire pareille, tu auras vite dessiné tes personnages. On part dans un mois, ça te laisse du temps. Et de toute façon, si tu n'as pas fini d'ici le 20, tu peux apporter ton travail, Mario sait rester sage.

– La dernière fois, il réclamait tout le temps qu'on le porte.

– La dernière fois, c'était il y a deux ans. »

Elle enchaîna, me reprochant mes défaillances de père et de grand-père. Je réagis en prenant un ton affectueux et l'assurai que je garderais son fils tout le temps nécessaire. Elle me demanda quand je pensais arriver et, là, je tombai dans l'exagération. Parce que je sentais ma fille plus malheureuse que d'habitude ; parce qu'elle ne m'avait guère appelé que trois ou quatre fois pendant mon hospitalisation ; parce que son désintérêt m'avait semblé une façon de me punir du mien, je promis d'arriver à Naples une semaine avant le colloque, pour que l'enfant s'habitue à moi. Et j'ajoutai avec un enthousiasme forcé que j'avais très envie de jouer les grands-pères, qu'elle pouvait partir le cœur léger, que Mario et moi, on s'amuserait bien.

Mais, comme d'habitude, je fus incapable de tenir ma promesse. Le jeune éditeur pour qui je travaillais me pressait, il voulait savoir où j'en étais. Alors que je n'avais presque rien produit parce que ma convalescence s'éternisait, je tentai d'achever deux ou trois planches en toute hâte. Mais, un matin, je perdis à nouveau du sang et dus courir chez le médecin, qui trouva tout en ordre, mais me prescrivit quand même une nouvelle visite une semaine plus tard. Ainsi, d'une chose à l'autre, je ne partis que le 18 novembre, après avoir envoyé à l'éditeur deux planches bâclées. J'allai à la gare dépité et contrarié, ma valise remplie au petit bonheur la chance, sans même un cadeau pour Mario, à part deux volumes de contes illustrés par mes soins quelques années auparavant.

Mon voyage fut gâté par des suées de faiblesse et par l'envie de rentrer à Milan. Il pleuvait, je n'étais pas tranquille. Le train fendait un vent en rafales qui plaquait contre la vitre des ruisseaux de pluie opaques et tremblotants. J'eus souvent peur que les wagons ne déraillent sous la force de la tempête et constatai que plus on vieillit, plus on tient à la vie. Mais, arrivé à Naples, je me sentis mieux malgré le froid et la pluie. Je sortis de la gare et me retrouvai en quelques minutes devant l'immeuble en angle que je connaissais bien.

2.

Betta m'accueillit avec une affection que je ne m'attendais pas à trouver chez une femme de quarante ans plongée dans le tourbillon de son quotidien. Elle se montra étonnamment soucieuse de ma santé, s'exclamant : mais tu es tout pâle, et puis tu as maigri, et s'excusa de ne pas être venue me voir à la clinique. En l'entendant évoquer médecins et analyses d'un air alarmé, je la soupçonnai de vouloir vérifier s'il n'était pas hasardeux de me confier son enfant. Je la rassurai et la couvris des compliments hyperboliques auxquels je recourais depuis son enfance.

« Tu es toute belle.

– Mais non.

– Plus belle qu'une actrice de cinéma.

– Je suis grosse, lunatique et vieille.

– Tu veux rire ? Je n'ai jamais vu de femme plus séduisante. D'accord, il y a un petit côté rugueux dans ton caractère, mais sous l'écorce on trouve une sensibilité lisse aux belles teintes lumineuses, comme chez ta mère. »

Saverio était allé chercher Mario à l'école, ils allaient arriver d'un instant à l'autre. J'espérai qu'elle me propose d'aller me reposer dans ma chambre. Les rares fois où je venais à Naples, je dormais dans la grande chambre mitoyenne de la salle de bains, dotée d'un petit balcon donnant sur la place Garibaldi, qui ressemblait à une plate-forme de lancement. J'y avais grandi avec mes frères et c'était le seul endroit de cette maison que je ne détestais pas. J'aurais aimé y passer un moment, m'allonger ne serait-ce que cinq minutes. Mais Betta me retint à la cuisine – moi, ma valise et un sac en tissu – et entama une litanie de plaintes qui n'épargna rien ni personne : son travail à l'université, Mario, Saverio qui se déchargeait sur elle de la maison et de l'enfant, et tout un tas d'autres tensions insupportables.

« Papa, dit-elle et ce fut presque un cri, j'en ai *vraiment* ras le bol. »

Elle rinçait des légumes debout devant l'évier, mais elle prononça cette phrase en se tournant vers moi dans une torsion brusque, violente. Pendant quelques secondes, je la vis – ça ne m'était jamais arrivé – comme de la pure matière souffrante que sa mère et moi, quatre décennies plus tôt, avions jetée dans le monde avec une légèreté coupable. Ou plutôt non, pas Ada, moi : ma femme était morte depuis longtemps, elle n'en portait plus la responsabilité. Betta était une grande cellule détachée de moi, *et de moi seul*, à la membrane déjà bien usée. C'est du moins l'image qui me traversa l'esprit. Puis on entendit la porte d'entrée. Ma fille se reprit aussitôt et annonça « les voilà » avec un mélange de joie et de répulsion. Saverio entra – Saverio, trapu et cérémonieux, le visage large, si éloigné de l'élégance longiligne de Betta –, flanqué de Mario, petit et brun comme son père, de grands yeux dans un visage fin, en bonnet rouge, manteau bleu marine et nœud bleu ciel froufroutant.

Sous le coup de l'émotion, l'enfant resta quelques secondes interdit. Il n'a rien de Betta, pensai-je, c'est son père tout craché. En même temps, je sentis avec une pointe d'angoisse que j'étais le mot *grand-père* qui s'incarnait devant lui – un inconnu de qui il attendait monts et merveilles – et j'ouvris les bras un peu théâtralement. Mario, dis-je, viens, mon petit, viens me voir, comme tu as grandi. Alors il s'élança vers moi et je dus le soulever en donnant à mes paroles une inflexion joyeuse, alors que ma voix sortait brisée par l'effort. Il me serra le cou avec énergie, m'embrassa sur une joue comme s'il voulait la perforer.

« Pas comme ça, tu vas l'étrangler », intervint son père, et Betta aussi réagit tout de suite en lui ordonnant de me lâcher : « Grand-père ne va pas s'envoler, vous resterez ensemble pendant quelques jours, tu partageras ta chambre avec lui. »

Ce fut une mauvaise nouvelle pour moi, j'avais imaginé qu'un enfant aussi jeune dormait avec ses parents. J'avais oublié que j'exigeais moi-même, autrefois, que le berceau de Betta reste dans la chambre voisine, même si Ada passait des nuits blanches, inquiète de ne pas l'entendre pleurer ou de manquer la tétée. Je m'en souvins au moment de reposer l'enfant au sol et je réprimai ma contrariété, je ne voulais pas que Mario la perçoive. Je sortis du sac en tissu que j'avais posé à mon arrivée près de ma valise les deux minces volumes que je lui destinais.

« Regarde ce que je t'ai apporté », dis-je. Mais, au seul contact des livres, je regrettai à nouveau de ne pas lui avoir acheté un cadeau plus attractif et redoutai sa déception. L'enfant prit les volumes avec intérêt et, murmurant un merci très poli – ce fut le premier mot que je l'entendis prononcer –, examina la couverture.

Saverio, qui exactement comme moi avait dû penser que le cadeau était mal choisi – et ne manquerait pas ensuite de faire remarquer à Betta : comme d'habitude, ton père fait tout de travers –, se hâta de s'exclamer :

« Grand-père est un artiste important, regarde comme les dessins sont beaux, c'est lui qui les a faits.

– Vous les regarderez ensemble plus tard, dit Betta, maintenant on va enlever ton manteau et aller faire pipi. »

Mario tenta bien de résister, mais il finit par se laisser déshabiller, en veillant avant tout à ne jamais lâcher les deux petits livres. Il les emporta quand sa mère l'entraîna de force vers les toilettes et que je me rasseyais, mal à l'aise, ne sachant de quoi parler avec mon gendre. Je glissai quelques phrases sur l'université, les étudiants, la pénibilité de l'enseignement, dans mon souvenir unique sujet pour lequel il se passionnait, hormis le foot, qui m'était totalement étranger. Mais Saverio éluda presque tout de suite et, à ma grande surprise – vu que nous n'avions aucune familiarité –, évoqua à l'aide de formules un peu emphatiques, mais sincères, son insatisfaction existentielle.

« Il n'y a ni paix ni bonheur, murmura-t-il.

– On trouve toujours un peu de bonheur.

– Non, pour moi, tout a un goût de poison. »

Mais, comme Betta revenait, il coupa court aux confidences et lança une vague conversation sur l'université. À l'évidence, la simple vue de l'autre énervait mari et femme. Ma fille accusa Saverio d'avoir laissé en bazar je ne sais quoi et, désignant Mario qui venait de réapparaître, mon cadeau bien serré entre les mains, souligna à mon intention : le résultat, c'est que *celui-là* s'annonce pire que son père. Tout de suite après, elle s'empara d'autorité de ma valise et du sac, dont elle aurait parié, dit-elle avec un petit rire sarcastique, qu'ils contenaient à coup sûr tout le nécessaire pour travailler, mais pas de chemises, de slips ou de chaussettes.

Quand elle disparut dans le couloir, l'enfant sembla soulagé. Il posa un des livres sur la table, installa l'autre sur mes genoux comme si c'était un bureau et entreprit de le feuilleter. Je lui caressai les cheveux et lui, encouragé peut-être par mon geste, me demanda avec le plus grand sérieux :

« Pour de vrai, c'est toi qui as dessiné, grand-père ?

– Bien sûr, ça te plaît ? »

Il réfléchit.

« C'est un peu foncé.

– Foncé ?

– Oui. La prochaine fois, fais-les plus clairs. »

Saverio s'empressa d'intervenir :

« Comment ça, foncé ? Mais non, c'est très bien.

– C'est foncé », répéta Mario.

Je lui retirai délicatement le livre des mains et examinai plusieurs illustrations. Jamais personne ne les avait jugées trop foncées. Je dis en m'adressant à l'enfant : elles ne sont pas foncées, et j'ajoutai d'un ton un peu vexé : mais si tu les vois foncées, c'est qu'il y a un problème. Je feuilletai le livre avec soin, remarquai des défauts que je n'avais jamais vus, murmurai : c'est peut-être mal imprimé. Et j'en éprouvai de l'amertume, je n'avais jamais pu tolérer que la négligence d'autrui pénalise mon travail. Je répétai plusieurs fois en m'adressant à Saverio : si, c'est foncé, Mario a raison. Après quoi, mêlant reproches et détails techniques, je dis tout le mal que je pensais de ces éditeurs qui exigeaient beaucoup, payaient peu, gâchaient tout.

L'enfant écouta un petit moment, puis, lassé, demanda si je voulais voir ses jouets. Mais désormais j'avais la tête ailleurs et je refusai sèchement. Dans la seconde qui suivit, je m'aperçus que ma réponse avait été trop abrupte, père et fils me regardaient déjà désorientés. J'ajoutai : demain, mon grand, là grand-père est fatigué.

3.

Ce soir-là, il ne fit plus de doute pour moi que Betta et Saverio trouvaient avant tout dans le colloque de Cagliari une occasion de se soustraire aux yeux et aux oreilles de leur fils afin de se livrer sans entrave à leurs scènes de ménage. Si au cours de l'après-midi ils avaient encore échangé quelques phrases qui tenaient de la note de service, au dîner, ils ne s'en donnèrent même plus la peine, s'adressant surtout à Mario et à moi pour que l'enfant sache tout de mes prouesses et moi des siennes. Père et mère employaient un ton infantilisant et commençaient leurs petits sermons par des *tu sais que grand-père* ou *montre donc à grand-père*. Mario dut ainsi apprendre que j'avais remporté de nombreux prix, que j'étais plus célèbre que Picasso, que des gens importants exposaient mes œuvres chez eux ; et moi que Mario savait répondre comme il faut au téléphone, écrire son nom, se servir de la télécommande, couper sa viande tout seul avec un vrai couteau, manger ce qui était dans son assiette sans faire de caprices.

Ce fut une soirée interminable. L'enfant ne me quitta pas des yeux, à croire qu'il voulait m'apprendre par cœur de crainte que je ne disparaisse. Quand je lui fis les vieux tours naïfs qui avaient ravi Betta à son âge – par exemple, prétendre que mon pouce serré entre l'index et le majeur était le nez que je venais de lui prendre –, il esquissa un petit sourire mi-amusé, mi-apitoyé en donnant des tapes dans le vide comme pour me punir de ces bêtises. Au moment de se coucher, il essaya de négocier : j'y vais en même temps que grand-père. Mais ses parents intervinrent d'une seule voix, et sans tendresse soudain tous les deux. La mère s'écria : on va au lit quand maman le dit, tandis que le père déclarait : il est temps de dormir, en lui montrant la pendule comme si son fils savait déjà lire l'heure. Mario tenta de protester, mais tout ce qu'il obtint fut que je vienne voir comme il savait bien se déshabiller sans qu'on l'aide, enfiler son pyjama, toujours sans aide, étaler avec soin le dentifrice sur sa brosse à dents, se brosser les dents à n'en plus finir.

J'assistai, admiratif, au spectacle. Je déclarai un nombre infini de fois : comme tu te débrouilles bien, et Betta m'enjoignit un nombre infini de fois : ne lui monte pas la tête.

« Quand même, ajouta-t-elle soudain sérieuse en regardant son fils, il se débrouille vraiment bien pour son âge. Tu verras. »

Puis mère et fils annoncèrent qu'ils se retiraient pour la lecture de l'histoire du soir. Je les suivis sans enthousiasme dans ce qui n'était plus ma chambre. Mario ne savait pas encore lire, mais – souligna Betta – il n'en était pas loin. Ils voulurent me le prouver tous les deux et en effet, la maman aidant un peu, l'enfant lut plusieurs mots. Pendant ce temps, je regardais avec convoitise le lit d'appoint préparé pour moi et pensai que, pour gagner le droit de m'y allonger, j'étais prêt à écouter l'histoire moi aussi. Mais alors que son fils réclamait : reste encore, grand-père, Betta s'interposa en décrétant : non, papa, laisse-nous, on va lire un peu et, après, dodo. Une déclaration qui avait force d'ordre, aussi bien pour moi que pour l'enfant.

Je quittai la pièce et empruntai à contrecœur – où était l'interrupteur ? – le couloir plongé dans l'obscurité. À Milan déjà, ces derniers temps, je n'aimais pas rester dans le noir. J'allumais toutes les lumières de l'appartement parce que, depuis mon opération, il arrivait que la nuit anime l'inanimé et que j'aie l'impression d'être happé par les meubles ou les murs, ce que j'attribuais à une circulation sanguine affaiblie et à un cerveau mal oxygéné. J'avançai donc avec prudence, effleurant les murs du dos de la main, mais je vis quand même clignoter mon père qui, avec son air torve, tirait en arrière ses cheveux à deux mains, ma mère, Cendrillon négligée qui, entre terreur et mélancolie, se transformait parfois en dame à voilette, ma grand-mère victime d'une attaque qui restait assise, muette, toute *recrenillée*, mot qui en dialecte indique un corps replié sur lui-même, courbé comme une serpe qu'on a laissée rouiller dans un coin.

Le seul endroit éclairé de la maison était la cuisine. J'y trouvai mon gendre, de très mauvaise humeur, mais prévenant, qui me désigna une chaise à côté de lui. Je n'étais pas assis qu'il me racontait déjà à voix basse, presque à l'oreille, qu'entre Betta et lui – deux ans de fiançailles, douze de vie commune dans cet appartement, cinq de mariage – les choses s'étaient gâtées. Il fut bien inutile d'essayer de changer de sujet, de lui signifier que je n'avais aucune envie de l'écouter. Rien ne nous rapprochait, et surtout j'étais le père de sa femme, mais il continua, de toute évidence il allait mal et avait besoin de s'épancher. Il m'expliqua que la direction du département de mathématiques avait été reprise par un type que ma fille avait connu au lycée, et depuis elle ne se contrôlait plus. Ce brillant mathématicien, homme de pouvoir, lui avait insufflé une énergie nouvelle et par conséquent elle s'évertuait à être chaque jour plus belle et plus élégante. L'université était vite devenue pour Betta une sorte de récipient rempli d'une substance liquoreuse où son corps svelte ne cessait de flotter, presque sans le vouloir, en direction du corps massif du nouveau venu – un organisme, au dire de Saverio, gras de la cuisse et du bide – dans le but de l'effleurer, de le heurter, et puis de s'y frotter, de l'enlacer, de l'entraîner avec elle par le fond.

« Et ta fille fait tout ça, me souffla-t-il les yeux gonflés de désespoir, sous mon nez. »

L'intolérable dans cette affaire était là, il me le répéta plusieurs fois : à aucun moment Betta n'avait pris la peine de lui cacher la violente attirance qu'elle éprouvait pour le directeur, cherchant au contraire à le rencontrer dans les couloirs, les bureaux, les amphis, au bar, sans se soucier de la présence de son mari, sans se soucier le moins du monde qu'à tout instant il puisse être là et les voir. À qui Betta avait-elle montré en toute impudence son trouble croissant ? À Saverio. À qui avait-elle demandé tous les matins avant de partir au travail si elle était bien habillée, si elle était assez séduisante ? À Saverio. Dans quelle oreille avait-elle déversé un torrent de jalousie incontrôlée quand, une occasion s'étant présentée, le directeur était arrivé avec son épouse et que celle-ci s'était serrée contre lui et répandue en effusions ? Dans celle de Saverio. Sans compter sa façon langoureuse de lui dire bonjour en début de journée et au revoir à la fin : des bises sur la joue qui, mine de rien, se rapprochaient de plus en plus d'un baiser sur la bouche. Sans compter de farouches prétentions à l'indépendance. Quand un jour Saverio, excédé par son comportement, l'avait prise à part dans un des tunnels sombres de la faculté, criant qu'elle l'humiliait, elle s'était insurgée : non mais ça ne va pas, tu délires, je fais ce que je veux, et elle l'avait planté là pour se précipiter à la cafétéria, irrésistiblement aimantée par ce type qui – souligna mon gendre –, si tu le voyais, te ferait au mieux l'effet d'un protoplasme d'avant l'évolution : en d'autres termes, un connard fini.

Je n'ouvris pas la bouche et le laissai vider son sac. Inutile de lui faire remarquer que le directeur, ainsi décrit, semblait être son propre portrait tout craché. Inutile de lui signaler qu'à l'évidence le genre d'homme qui attirait Betta était corpulent et – comme lui – pas très beau. Je tentai seulement de glisser au bout d'un moment : ce sont des passades, Savè, au bout du compte il reste les habitudes, l'affection, Mario, qui est un enfant merveilleux et qu'il serait dommage de traumatiser avec vos disputes ; crois-moi, laisse courir. Sa réponse fusa comme un serpent entre les herbes et me troubla beaucoup : oui, dit-il, cette frénésie retombera, Betta se calmera ; mais moi – *moi* –, j'ai tout vu et ça me répugne, je ne l'aime plus.

J'aurais voulu approfondir cette question – le lien entre sa vision hallucinée et la fin de l'amour –, mais il se tut aux pas de Betta dans le couloir, qui semblèrent le terroriser. Ma fille apparut sur le seuil en chemise de nuit et ordonna à son mari d'un air dégoûté :

« Je suis prête, allons nous coucher, papa est fatigué. Va te laver les dents pendant que je tourne le verrou et que je baisse les stores. »

Saverio fixa longuement le sol, puis se leva de sa chaise d'un mouvement décidé et sortit après m'avoir souhaité bonne nuit d'une voix à peine audible. Betta guetta la porte de la salle de bains qui se refermait, puis, à voix très basse, me demanda anxieusement :

« Que t'a-t-il raconté ?

– Que vous avez des problèmes.

– C'est lui, le problème.

– J'avais compris que c'était toi.

– Tu as mal compris, Saverio voit des choses qui n'existent pas.

– Donc tu n'as pas une aventure avec je ne sais quel directeur ?

– Hein, *moi* ? Arrête, papa, Saverio est insupportable.

– Pourtant, tu es restée vingt ans avec lui.

– Je suis restée avec lui parce qu'en général il est plutôt équilibré.

– Tandis que maintenant il est déséquilibré ?

– Oui, et son déséquilibre se répercute sur moi, sur notre fils, sur la maison, sur tout.

– Attends : il est déséquilibré au point de te voir collée à un étranger quand tu t'en tiens à deux mètres ? »

Betta fit une moue qui l'enlaidit.

« Ce n'est pas un étranger, papa, pour moi c'est un frère. »

Soudain ses yeux s'emplirent de larmes, ce qui, associé à ma faible sympathie pour son mari, me fit aussitôt croire à sa sincérité. « Viens donc, lui dis-je, calme-toi, tu es intelligente, tu réussis dans ton travail, Mario est une petite merveille ; ne te tracasse pas, partez tous les deux, expliquez-vous et, à votre retour, tout sera rentré dans l'ordre. » Mais, sincère ou pas, je savais bien que je l'aimerais et la consolerais toujours. Je ne supportais de la voir pleurer quand elle était petite et ne le supportais pas davantage maintenant qu'elle était adulte. S'il faut vraiment que tu pleures, lui murmurai-je, fais-le quand je suis à Milan. Elle sourit, je l'embrassai sur le front, elle renifla, puis grommela : je vais te montrer comment on ferme le gaz. Il fallut pour la contenter que je tourne moi-même la manette de façon à mémoriser le geste. Puis elle m'abreuva d'instructions : où était le disjoncteur, attention à la porte du balcon qui était neuve et avait un problème de fermeture, la vanne pour couper l'eau était sous l'évier, l'évacuation de la douche se bouchait parfois, etc. Puis elle s'aperçut que je n'écoutais pas et murmura, contrariée : je t'écrirai tout ça demain. En même temps, le doute dut la reprendre que je n'étais pas à la hauteur de la situation où elle m'avait elle-même placé et, me regardant droit dans les yeux, elle me demanda : dis-moi, tu te sens d'attaque pour t'occuper de Mario ? J'assurai que oui et elle m'embrassa sur une joue – ce qu'elle n'avait jamais fait, même petite – en murmurant : merci.

Je la suivis du regard jusqu'au moment où elle disparut dans sa chambre. Sur la pointe des pieds, j'allai chercher mes affaires dans ma valise et m'enfermai dans la salle de bains. En me préparant pour la nuit avec des gestes que la fatigue rendait lents et incertains, je repensai à ces premières heures napolitaines et regrettai une fois de plus d'avoir quitté Milan. Me sentir d'attaque ? J'en étais loin. J'aurais dû dire clairement que j'étais encore convalescent, que je ne pouvais pas assumer la responsabilité de Mario, que je n'avais pas envie de m'encombrer de leurs démêlés conjugaux. Je me rappelai certaines phrases et images embarrassantes de la soirée et ne pus me défendre d'une sensation – comment dire ? – d'impudeur. Bientôt il me sembla que rien dans cette maison ne portait la tenue adéquate. Ou que, si le vêtement était approprié, il habillait – que sais-je ? – un magma bitumeux, un crocodile, des bonobos ou, pire encore, des protobiontes, ces premiers agrégats organiques aveugles. Betta, qui se frottait contre son collègue, était impudique, impudique son mari coincé entre elle et l'étranger – amant, frère, frère-amant –, tout comme étaient impudiques les murs, le vent qui soufflait de la mer, la ville. Quelque temps après la mort de ma femme, j'avais fouillé dans ses papiers – impudique moi aussi – et la découverte n'avait pas tardé : pendant que j'étais distrait jour et nuit par les rudes bagarres pour mon affirmation artistique – elles avaient été nombreuses, très nombreuses, ces années de distraction où tout ce qui comptait était suivre ma fougue créatrice –, elle m'avait trompé souvent, et cela assez tôt dans notre vie commune. Pourquoi ? Elle ne savait pas se l'expliquer elle-même, se limitant à des hypothèses. Une manière de se rappeler sa propre existence. De se mettre un peu au centre. Parce que dans notre relation, c'était moi qui l'occupais trop souvent. Parce que son corps avait besoin d'attention. Parce que sa vitalité s'exprimait par bouffées aveugles. Derrière notre quotidien policé – soupirai-je, gagné par le mécontentement – se cache un farfadet mal élevé que nous feignons de ne pas voir, une énergie qui anime notre chair à intervalles réguliers, balayant toute dignité, y compris chez les plus dignes. J'éteignis la lumière de la salle de bains, celle du couloir – trois interrupteurs, j'appuyai sur le bon par hasard – après avoir allumé la lampe près de mon lit. Je m'allongeai enfin dans un long gémissement étouffé, sans même un regard pour

Mario à l'autre bout de la pièce, dans son petit lit entouré d'une foule de jouets et d'innombrables dessins accrochés au mur.

Dehors le vent soufflait toujours, féroce, la pluie frappait le sol du balcon, la rambarde vibrait et le bruit pénétrait dans la chambre malgré le double vitrage. Je m'endormis aussitôt, pour me réveiller en nage la seconde suivante, suffoquant. À côté de moi se tenait Mario dans son pyjama bleu ciel. Il annonça : tu as oublié d'éteindre ta lampe, grand-père, mais je vais le faire, ne t'inquiète pas. Il l'éteignit en effet, la pièce sombra dans l'obscurité et le vent, et moi dans la terreur. Mario, lui, fila au lit sans la moindre crainte.

4.

Je me réveillai persuadé qu'il était quatre heures vingt, l'heure exacte – à quelques minutes près – où à Milan je sortais définitivement du sommeil. La pluie tombait toujours en rafales. J'allumai, il était deux heures dix. Je me levai pour aller aux toilettes, la tiédeur dont je jouissais sous les couvertures céda à un courant d'air froid, me faisant frissonner. Au retour, je jetai un coup d'œil à Mario, il s'était découvert dans son sommeil. Il était allongé à plat ventre, les jambes écartées, un bras le long du corps, l'autre replié et le poing fermé près de ses lèvres entrouvertes. J'effleurai ses pieds nus, qui étaient glacés. Et s'il tombait malade juste quand ses parents s'absentaient ? Je remontai ses couvertures au-dessus de sa tête et allai m'asseoir au bord de mon lit.

Je me sentais engourdi, j'avais sommeil et pourtant j'étais sûr que je ne m'endormirais pas si je m'allongeais : trop de chaleur sous ma peau que, de façon contradictoire, je sentais froide en surface, tout comme mes orteils et l'extrémité de mes doigts étaient froids et insensibles. Je sortis de ma valise la nouvelle de James et mes crayons pour griffonner des esquisses et retournai sous mes couvertures, dos contre le mur. Je jetai un coup d'œil à mon travail des semaines précédentes, rien ne me plut, j'en arrivai à regretter d'avoir envoyé précipitamment à l'éditeur les deux planches même pas abouties. Je relus quelques passages du texte, tentai de fixer un ou deux tableaux, mais sans réussir à me concentrer. C'était comme si le souffle de Mario, celui du vent et de la pluie, la réalité de la chambre – et de l'appartement, tel que Betta et Saverio l'avaient modelé à leur convenance au fil des années – entravaient mon imagination. Alors je lâchai la nouvelle pour m'abandonner à un demi-sommeil où le souvenir de l'ancienne disposition de la maison acquit une netteté qui aurait fait pâlir toute image réelle ou imaginée. Je me relevai et crayonnai les lieux où j'avais grandi. Je dessinai l'entrée avec la fenêtre qui donnait sur une petite terrasse surplombant la gare de marchandises. Je dessinai le séjour auquel ma mère tenait tant avec son mobilier flambant neuf, le divan, les fauteuils, les poufs, un décor qui devait lui paraître le comble de l'élégance bourgeoise. Je la dessinai, elle, et tout de suite après – je m'en sentis capable – son regard sur cette vaste pièce lumineuse, sur la table au rebord ondulé, sur le vaisselier au fronton bombé avec ses quatre balustres, sur la loggia d'où l'on voyait un pan de l'Hôtel Terminus. Je dessinai le couloir avec le téléphone fixé au mur, la chambre de mes parents avec ma mère couchée et mon père assis au bord du lit en slip et maillot de corps. Et je dessinai un débarras encombré de vieilleries, la salle de bains immense, la pièce que je partageais en ce moment avec Mario. À l'époque, elle était envahie de lits de camp comme une chambrée de caserne. Sur l'un dormait ma grand-mère, sur les autres, à la tête ou au pied, nous, les cinq enfants : un campement partiellement levé par la suite. Cette pièce resta bientôt à l'usage exclusif de ma grand-mère et des trois cadets des petits-enfants, tandis que mon frère et moi – les grands – dressions notre lit le soir dans le séjour, ruinant les aspirations bourgeoises de notre mère.

Ce fut un travail frénétique, cela faisait longtemps que ma main n'avait pas été aussi déliée. Je dessinai les lieux, les personnes et les objets dont je me souvenais en reproduisant aussi dans une sorte d'aparté en haut de la page, en bas, sur d'autres feuilles, des détails, une profusion de détails. Si toute mon adolescence je m'étais vanté de cette capacité – qui peu à peu avait imposé une direction à ma vie : mon prof de dessin au collège était stupéfait, il disait *cet enfant sait tout sans avoir rien appris* –, au fur et à mesure que je grandissais et étudiais, ce talent du corps, de l'œil, des nerfs m'avait semblé grossier. J'avais choisi des procédés de plus en plus travaillés et, par conséquent, de plus en plus éloignés de cette habileté que je trouvais désormais vulgaire. À douze ans, les autres me considéraient comme un prodige qui vous éblouit et vous angoisse, et c'était ainsi que je me percevais ; mais, dès vingt ans, j'avais appris à mépriser la facilité du trait, qui m'apparaissait comme une faiblesse. Je me vis, m'imaginai et essayai de me dessiner à ces deux âges, douze et vingt ans. Mais soudain ma main flotta de nouveau. Je m'acharnai sans résultat, mes doigts redevinrent lourds, incapables d'initiative. Je griffonnai encore un petit moment, des mots, des ébauches : comment j'étais, ce que j'étais, ce qui m'était arrivé pendant ces huit années où s'était accomplie ma croissance. J'arrêtai vers quatre heures du matin. C'était idiot de perdre mon temps ainsi. À quoi bon tout ça. Je considérai les feuilles couvertes de dessins, abasourdi par ce jaillissement inattendu de créativité. Et, dans l'avalanche d'esquisses, je fus frappé par deux personnages d'une précision presque excessive : Betta et Saverio. J'avais croqué une Betta splendide dans la cuisine d'il y a soixante ans, lui donnant une pose que ma mère prenait souvent, et moi aussi. Elle vous ressemble, à toi et à ta famille, disait Ada comme si je l'excluais là aussi, alors que c'était elle qui avait accouché de cette enfant.

En revanche, mon gendre, très ressemblant, se trouvait dans la cuisine actuelle – rendue à grands traits – et n'avait rien de splendide. Je l'avais représenté comme un étranger à l'air torve, je lui avais involontairement ôté toute qualité. J'éteignis, remontai les couvertures au-dessus de ma tête et, à l'heure où d'habitude je me levais à Milan, m'endormis.

5.

Mais mon sommeil fut court, je me réveillai vers six heures. Le vent s'était arrêté, la pluie peut-être aussi. Dans le couloir, je me trompai d'interrupteur, la lumière s'alluma dans la chambre. J'éteignis aussitôt en espérant ne pas avoir réveillé l'enfant et allai me raser et me laver.

Je comptais qu'entre-temps Betta au moins se serait levée, tirée du lit par le bruit que j'avais fait, mais quand je sortis de la salle de bains, un silence total régnait dans l'appartement. J'allai à la cuisine, trouvai non sans mal une petite casserole qui me sembla propre à faire bouillir de l'eau, mais pas de thé. Devant la cuisinière, je me sentis impuissant. Où étaient les allumettes ? Ou un allume-gaz ? J'étais là, immobile, emprunté, quand Mario apparut à côté de moi, le visage encore ensommeillé.

« Bonjour, grand-père.

– C'est moi qui t'ai réveillé ?

– Oui.

– Je suis désolé.

– Ça ne fait rien : je te fais un bisou ?

– Allez. »

Je constatai qu'il avait judicieusement passé une veste en laine orange par-dessus son pyjama et chaussé des pantoufles de la même couleur. Je le complimentai et me baissai pour recevoir son bisou et lui en faire un à mon tour.

« Un bisou qui s'entend ? demanda-t-il.

– D'accord. »

Il me donna un baiser sonore sur la joue, puis me demanda avec le ton cérémonieux de Saverio si j'avais besoin de quelque chose.

« Tu sais comment on allume le gaz ? »

Il fit signe que oui. D'abord il me rappela qu'il fallait tourner la vanne et, même s'il était évident que je l'avais déjà fait, il voulut à tout prix m'expliquer la manœuvre : comme ça, tu vois, le gaz ne passe pas, mais si tu tournes, il passe. Puis il tira une chaise à côté de moi en m'avertissant au préalable que ça ne ferait pas de bruit : papa a collé des tampons en feutre sous tous les pieds de chaise. Puis il grimpa dessus avec agilité et m'instruisit sur la symbolique qui permettait de choisir le bon feu. Mais ce qui m'étonna vraiment – et m'alarma –, c'est qu'il savait faire marcher la cuisinière : il appuya sur un bouton, le tourna, fixa d'un air concentré les étincelles jusqu'au moment où la flamme explosa, attendit quelques secondes, relâcha le bouton.

« Tu as vu ? demanda-t-il, satisfait.

– Oui, mais c'est moi qui mets la casserole.

– On ne prépare pas le petit déjeuner pour tout le monde ?

– Je ne sais pas ce que tu prends, ni ta maman et ton papa.

– Moi, je sais. Papa et maman prennent du café au lait, et moi du lait tout seul.

– Et puis ?

– Et puis, il faut faire griller du pain pour maman – papa et moi, on mange des biscuits – et presser des oranges pour tout le monde. Tu veux un jus d'orange ?

– Non.

– C'est bon.

– Je n'en veux pas. »

Il me montra où étaient les oranges, le presse-agrumes, comment éviter que les tranches de pain brûlent en répandant une odeur que son père détestait, sur quelle étagère se trouvaient les sachets de thé noir et ceux de thé vert, derrière quelle porte de placard se cachait la cafetière, où était rangée la théière, parce que la casserole que j'avais choisie ne convenait pas, ainsi que les sets de table. Ce matin, il n'arrêtait plus de parler, et avec quelle correction. À un moment, il me demanda d'un air inquiet :

« Tu as vérifié la date de péremption du lait ?

– Non, mais s'il est au frigo, il n'est sûrement pas périmé.

– Tu dois vérifier quand même, parfois maman est distraite.

– Tu n'as qu'à vérifier toi-même », dis-je d'un ton moqueur.

Il me fit un sourire embarrassé, donna une tape dans le vide comme la veille au soir et admit à contrecœur :

« Je ne sais pas vérifier.

– Alors il existe des choses que tu ne sais pas faire.

– Je sais qu'il faut mettre un peu de lait dans la casserole, allumer le gaz et voir s'il caille.

– Caille ? Qu'est-ce que ça veut dire, caille ? »

Il baissa les yeux, rougit, me regarda à nouveau avec un petit sourire en coin. Il était anxieux, il ne supportait pas d'être pris en défaut. Je lui dis : saute, en lui prenant la main, et l'aidai à sauter en bas de sa chaise. Puis, pour le convaincre qu'il n'était pas discrédité à mes yeux, je demandai : que devons-nous faire d'autre ? J'admirais la richesse de son vocabulaire – je ne sais pas si elle m'amusait, peut-être pas – et sa façon de tout maîtriser. Pour ma part, si je me fiais à mon souvenir et à ce que racontaient ma mère et ma grand-mère, j'avais été presque muet et toujours dans la lune. Mon imagination prenait le pas sur le sens des réalités, adulte non plus je n'avais jamais réussi à participer activement à la vie pratique, la seule chose qu'il me semblait savoir faire était dessiner, peindre, marier des matières colorées de toutes sortes. Hors de ce domaine, je n'avais pas d'intelligence, pas de mémoire, je n'arrivais à concevoir que très peu de désirs, je me souciais peu des obligations sociales, je m'en étais toujours remis aux autres, à Ada en premier lieu. Tandis que cet enfant, du haut de ses quatre petites années, faisait preuve d'une attention au monde semblable à celle des Amérindiens, capables d'apprendre par la simple observation les techniques complexes des orfèvres arrivés avec les conquistadors. Il me guida pas à pas. Sous ses ordres, je dressai la table dans la cuisine. Puis il me montra le café, Betta le prenait décaféiné, Saverio normal. Ensemble on prépara les cafetières, ensemble on utilisa le presse-agrumes et il me réprimanda plusieurs fois parce que j'avais tendance à jeter les moitiés d'orange encore garnies de pulpe juteuse. *Ensemble* signifia presque toujours que, pour effectuer les gestes où il manquait de force ou d'habileté, il réclama de mettre ses mains sur les miennes, et il boudait si je faisais mine de l'exclure.

« C'est ta maman qui t'a appris tout ça ?

– C'est papa. Il ne fait jamais rien tout seul, je dois toujours l'aider.

– Et maman ?

– Maman s'énerve, elle crie et elle fait tout vite.

– Ton papa t'a dit qu'il ne faut jamais allumer le gaz ?

– Pourquoi ?

– Parce que tu te brûlerais.

– Si on sait qu'on risque de se brûler, on fait attention et on ne se brûle pas.

– On peut se brûler même quand on fait attention. Promets-moi que, tout le temps que nous serons ensemble, tu n'allumeras jamais le gaz sans moi.

– Si tu es là, je ne me brûlerai pas ?

– Non.

– Et si ça t'arrive à toi ? »

Il voulut me tranquilliser au cas où je me brûlerais. Il m'expliqua que dans la salle de bains il y avait une boîte avec une croix rouge sur le couvercle. Elle contenait une crème qu'il connaissait bien parce que, les fois où il s'était brûlé, son père lui en avait mis et la douleur était partie.

« Elle colle pas », me rassura-t-il et, alors que je commençais à perdre patience – faire la conversation, d'accord, mais je me sentais piégé par ce ton de donneur de consignes –, Betta arriva. Je poussai un soupir de soulagement. Oh, ça alors, s'écria ma fille en feignant le plus grand enthousiasme devant la table dressée.

« C'est grand-père et moi qui avons tout préparé. »

Elle félicita l'enfant, le prit dans ses bras, l'embrassa dans le cou en le faisant rire sous ses chatouilles.

« Qu'est-ce que tu en dis, on est bien avec grand-père ?

– Oui. »

Betta se tourna vers moi :

« Et toi, papa, tu es bien avec Mario ?

– Très bien.

– Heureusement que tu t'es décidé à venir. »

Entre-temps Saverio était arrivé lui aussi et – sans que la chose inquiète personne – l'enfant alluma aussitôt le feu sous les cafés, décaféiné ou non. Je mis deux sachets dans la théière bouillante, et on s'attabla enfin devant un petit déjeuner qui ne ressemblait guère à ceux, solitaires et frugaux, que je prenais tous les matins à Milan. Il n'y eut pas une seconde de silence, les parents – malgré leur hostilité encore plus grande – ne firent qu'encourager le bavardage de leur fils. Mais très vite Betta annonça qu'elle filait se préparer, elle avait une journée chargée et – se plaignit-elle – ses bagages n'étaient pas encore faits, elle n'avait pas réfléchi à sa tenue pour Cagliari et devrait se lever à quatre heures le lendemain puisqu'ils prenaient l'avion à neuf. Mais – me dit-elle – je t'ai préparé une liste de ce que tu auras à faire quand nous serons partis, je compte sur toi, papa. Puis elle sortit, entraînant Mario qui devait se laver et s'habiller pour l'école, ce qui ne l'empêchait pas de répéter en boucle : je ne veux pas y aller, je veux rester avec grand-père.

Je demandai prudemment à Saverio :

« Il faudra que j'emmène le petit à l'école les autres jours ?

– C'est à ta fille qu'il faut le demander, moi elle ne m'a rien dit.

– Tu devrais lui faire davantage confiance, tu es trop soupçonneux, alors elle se braque.

– Comment ne pas être soupçonneux quand elle se comporte comme elle le fait ? Tu sais avec qui elle a rendez-vous ce matin ?

– Tu vas me le dire.

– Avec le sale connard, pour lui lire son intervention.

– Où est le mal ?

– Nulle part. Mais explique-moi pourquoi je ne suis pas convoqué moi aussi, pourquoi il n'a pas demandé à lire la mienne, d'intervention.

– Il faut croire que vous n'êtes pas de vieux copains de lycée.

– Donc c'est par esprit de camaraderie qu'il a confié à Betta une des interventions inaugurales, tandis que je me retrouve à parler le deuxième jour ? »

Je le regardai, désorienté.

« Ce directeur a quelque chose à voir avec le colloque de Cagliari ?

– Ben tiens, c'est lui qui l'a organisé.

– Et il y sera lui aussi ?

– Tu ne l'avais pas compris ? »

Je n'eus pas le loisir de m'étendre. Betta, à cran, appela son mari dans la salle de bains. « C'est toi qui accompagnes Mario à l'école – lui cria-t-elle exaspérée en remontant au pas de course le couloir, où elle laissa un sillage de parfum –, tu fais semblant d'avoir oublié ? » Saverio bondit de sa chaise, je le regardai s'éloigner en hâte, l'air hagard. D'après Betta, son mari était un mathématicien d'une certaine envergure, mais je ne pouvais croire qu'une personne à l'esprit ordonné manque autant de finesse. Admettons que Betta ait de réelles sympathies pour ce directeur, pensai-je, Saverio est-il vraiment assez bête pour croire qu'il peut empêcher cette sympathie de se transformer en autre chose ? Le plaisir sexuel, désormais indépendant de la reproduction dont à l'origine il n'est que le stimulus, déversait son flot continu d'humeurs sur toute la planète, en toute saison : impossible de le contrôler, ce qui devait arriver arriverait de toute façon, c'était une avalanche qui emportait les corps, balayant sans pitié maris, femmes, enfants, sentiments, équilibres économiques. Betta réapparut. Elle était maquillée et habillée à huit heures et demie du matin comme si elle sortait en boîte de nuit. Elle poussa vers moi un Mario impeccablement coiffé et plutôt élégant lui aussi, prêt pour l'école.

« Grand-père, m'ordonna ma fille, dis à Mario qu'il doit aller à l'école aujourd'hui. »

Je pris un ton solennel :

« Mario, ne fais pas d'histoires, c'est comme ça.

– Je veux rester avec toi. »

Betta soupira :

« Tu n'as rien à vouloir. À partir de maintenant, tu fais ce que dit grand-père. »

Elle déposa un baiser sur la tête de son fils, me dit au revoir et disparut. L'enfant répéta en me surveillant du coin de l'œil :

« J'irai pas à l'école. »

6.

Mario persista dans sa position en guettant du regard une approbation que je ne lui donnai pas. Son père ne dit ni oui ni non, il se contenta de l'entraîner à sa suite, ils étaient tous les deux très en retard. Grand-père, murmura l'enfant abattu avant de prendre l'ascenseur, ne bouge pas d'ici, attends-moi. Je fis signe que oui et refermai la porte, soulagé.

Je rôdai désœuvré dans l'appartement désert, comparant mentalement les lieux que j'avais dessinés pendant la nuit avec l'intérieur actuel. Le grand séjour avait depuis longtemps été coupé en deux, et une moitié, meublée d'une table de travail résolument moderne et d'étagères couvrant les murs jusqu'au plafond, faisait office de bureau. L'entrée aussi avait été réaménagée. Je n'y avais pas prêté attention en arrivant, mais cette fois je remarquai qu'on avait monté une cloison avec une porte toute neuve. Je l'ouvris, entrai dans une petite pièce, elle aussi emplie de livres, mais dotée d'un bureau désuet et affligée d'une odeur incongrue d'ail, d'oignon et de détergent. J'ouvris tout grand la vieille fenêtre qui donnait sur la terrasse, laquelle à son tour – comme je le découvris – avait été transformée. C'était à présent une véranda où ma fille entassait tout ce qui lui servait pour la cuisine : la triple odeur d'ail, d'oignon et de détergent venait de là. Aucun doute : tandis que le grand bureau appartenait à Betta, c'est dans ce réduit que devait travailler Saverio.

Je revins dans le couloir, visitai la chambre à coucher. Le désordre était grand, sur le lit défait gisaient telles des pelures flétries les vêtements que ma fille avait dû essayer puis écarter, avant de se décider à choisir le plus seyant. Tant que cette pièce avait été occupée par mon père et ma mère, je l'avais toujours trouvée immense, mais maintenant que Betta y avait introduit deux grosses armoires qui touchaient le plafond et un lit deux places si large qu'on devait avoir l'impression d'y dormir tout seul, elle semblait avoir rapetissé.

Je regardai à la ronde, feuilletai les livres sur les tables de chevet, sortis sur la loggia. J'y fus assailli par le bruit familier de la circulation. Le vent ne soufflait plus, le ciel était noir et immobile, il avait cessé de pleuvoir. Je reconnus la longue perspective de vieux immeubles dans l'alignement de la place Garibaldi, contemplai pendant plusieurs minutes le défilé des passants sur le trottoir en bas et le flot des voitures qui se dirigeaient vers le bord de mer. Quand je m'aperçus que, par inadvertance, j'avais mouillé les coudes de mon pull sur la rambarde, je rentrai.

Cette inspection m'avait suffi pour constater que, à part dans le séjour où se trouvait un grand tableau de moi composé de masses de peinture rouges et bleues, la plupart des œuvres plus ou moins importantes que j'avais offertes à ma fille au fil des années n'étaient pas exposées, allez savoir où son mari et elle les avaient remisées. Saverio avait toujours prétendu qu'il tenait mon travail en haute estime, mais ma fille ne s'était jamais sentie obligée de me donner de crédit. D'ailleurs, que valait le crédit, rien de plus instable. Ces dernières années, personne ne semblait plus m'en accorder comme autrefois, trop de choses avaient changé. De toute façon qu'y faire, me dis-je, et puis ça n'avait pas d'importance, l'essentiel était que je travaille encore. Je balayai ces pensées mélancoliques et décidai d'aller faire un tour, puisque ce serait impossible dès le lendemain à cause du petit. Je retournai dans la chambre de Mario, encore plongée dans l'obscurité. J'endossai mon manteau, pris mon chapeau, vérifiai que j'avais bien mon portefeuille et surtout les clés que m'avait données Betta en me faisant promettre de ne jamais les oublier. Elle avait raison, ma mémoire me jouait des tours, il fallait que je fasse attention. J'eus envie de compléter l'exploration de l'appartement par un coup d'œil au balcon et remontai le store.

Cet endroit effrayait beaucoup ma mère, elle ne s'y aventurait que prudemment et ne voulait pas que mes frères plus jeunes y aillent tout seuls. J'ouvris la porte-fenêtre flambant neuve. Le balcon était atypique, tous les balcons de ce côté l'étaient : en forme de trapèze, ils avançaient dans le vide en rétrécissant. Le nôtre était au sixième et dernier étage, et c'est peut-être pour cette raison que notre mère, qui en général n'était pas sujette au vertige, souffrait de cet effet de resserrement : elle disait qu'elle se sentait mal si elle regardait en bas. Quand il fallait sortir ou rentrer quelque chose, elle appelait mon père, et si mon père était absent ou mal luné, elle m'appelait, moi, l'aîné. Je prenais ce dont elle avait besoin, puis sans prévenir je bondissais au bout du balcon et me mettais à sauter pour faire vibrer la plate-forme, la rambarde, et la regarder – dans l'encadrement de la porte – à la fois rire et trembler de peur.

J'aimais ce semblant de risque. Enfant, je m'asseyais par terre sur ce balcon et, surtout au printemps, je lisais, écrivais, dessinais. Le ciel était immense – le souvenir m'en revint –, on voyait le toit hérissé de la nouvelle gare. Et là, au-dessus du vide, je me sentais comme une sentinelle en haut de sa tour ou une vigie perchée sur le grand-mât, guettant Dieu sait quoi. Mais, en passant la tête par la porte ce matin-là, je ne retrouvai pas le plaisir d'autrefois, je crus même comprendre l'appréhension de ma mère. Le balcon n'était qu'une longue et mince plaque surplombant la tache grise de l'asphalte ; et s'y aventurer donnait l'impression de poser le pied sur un fragment prêt à se détacher du bâtiment. C'est peut-être sa forme trapézoïdale – me dis-je – qui donne cette sensation d'avancée excessive : la droite idéale qui longe la porte-fenêtre semble très éloignée de sa parallèle qui coupe le vide ; ou c'est plus probablement mon état de faiblesse et la vieillesse qui sapent mon assurance et me laissent sans défense. En tout cas je me tins prudemment sur le seuil, en manteau et le chapeau à la main, regardant le ciel, la rambarde, où perlaient des gouttes lumineuses de pluie, et un seau en plastique, d'où dépassaient des jouets et dont l'anse était attachée par une corde.

« Ton portable sonne », dit une voix de femme dans mon dos, me faisant sursauter. Tandis que je me retournais brusquement, pensant aux ombres de ma grand-mère, de ma mère, d'Ada, la voix ajouta : « Pardon, je suis Salli. »

C'était la femme de ménage. Mon portable, que j'avais sans doute oublié à la cuisine, bourdonnait dans sa main tendue vers moi. La soixantaine, le visage plein et joyeux, de grands yeux. Elle s'excusa à plusieurs reprises de m'avoir effrayé : elle avait les clés et était entrée comme tous les matins, sans penser qu'elle pouvait me faire peur.

« Je n'ai pas eu peur, j'ai été surpris, rectifiai-je.

– La peur, la surprise, c'est pareil.

– Non, ce n'est pas pareil. »

Je pris mon téléphone qui bourdonnait toujours, c'était l'éditeur. Il annonça d'un ton léger :

« J'ai reçu les deux planches. »

Je réagis en l'encourageant à formuler un jugement positif.

« Ça rend bien, non ? »

Il y eut un silence de plusieurs secondes. J'étais habitué aux compliments depuis toujours, quoi que je fasse. En vieillissant je les tenais pour acquis, tant il était improbable qu'on me dise tout à trac : non, ton travail est nul. Mais je n'avais pas bien mesuré que je parlais à un type de trente ans bourré de fric qui avait un besoin maladif d'innovation. Il répondit :

« Je n'y ai pas vu ce que j'attendais.

– Dans ce cas, répliquai-je sur un ton faussement amusé, regardez mieux.

– J'ai regardé attentivement et il faut les retravailler. »

Ses mots me glacèrent. Je voulais protester, mais il me sembla ridicule de soutenir que mes planches étaient bonnes, je n'y croyais pas moi-même. Je le laissai parler. Et il parla beaucoup, dissertant sur l'éclat, mot qui selon lui traduisait la qualité indispensable d'une édition de luxe telle qu'il la concevait. Je m'efforçai de comprendre, il semblait parler de couleurs. Mais quand je lui demandai de mieux s'expliquer, il ressortit que mes planches manquaient d'éclat, qu'elles souffraient d'une sorte de carence d'oxygène.

« Ne le prenez pas mal, me dit-il, mais de cette façon on ne crée ni énergie ni intelligence. »

J'optai pour un ton d'ironie paternelle.

« Si vous voulez que j'oxygène davantage mes planches, j'essaierai. »

Il perdit patience.

« Oui, c'est ça, oxygénez-les. Cette expression vous amuse peut-être, moi je la trouve sérieuse et juste. Où en sont les autres planches ?

– En bonne voie », mentis-je.

Il ne désarma pas. Il déclara qu'une édition de luxe demandait un gros effort, que beaucoup de compétences pointues avaient déjà été mobilisées, qu'il avait besoin des dessins au plus vite. Il était jeune et croyait asseoir son autorité en adoptant un ton agressif. Je lui racontai des mensonges plus détaillés et raccrochai. Je m'aperçus alors que j'avais les mains brûlantes et le dos mouillé de sueur. Mes planches n'avaient pas plu et j'en étais fort contrarié. Mais j'étais encore plus contrarié que ce jeunot me l'ait déclaré sans ambages. Je mis mon portable dans ma poche, sentis venir le mal de tête. Je ne trouvai pas à mon goût le spectacle de Salli assise sur mon lit pour ôter une de ses chaussures, et elle s'en aperçut.

« Elles sont neuves, elles me font mal, se justifia-t-elle en la renfilant aussitôt et en se levant.

– Je vais faire un tour, dis-je.

– D'accord. Tu es content de ton petit-fils ?

– Oui.

– Tu ne viens pas souvent.

– Quand je peux.

– C'est un amour, ce petit Mario, mais de temps en temps il faut le gronder. Tu as vu tout ce désordre, il a même laissé des jouets dehors, ça fait plusieurs jours qu'ils y sont. »

Elle soupira, me demanda de la laisser passer et sortit sur le balcon. Elle était petite, mais lourde, et je fus tenté de lui dire : non, laissez, ne sortez pas. Mais à l'évidence elle ne partageait pas mes angoisses. Elle se dirigea vers le seau sans se soucier du sol qui vibrait sous ses pas, récupéra les jouets et vida par-dessus la rambarde la pluie accumulée au fond du récipient.

« Ils laissent le petit jouer dehors malgré le froid, déplora-t-elle.
– Ils en feront un costaud.
– Tu plaisantes, bravo, c'est le rôle des grands-parents de plaisanter et de faire rire. Mais un peu de s'inquiéter aussi. »
Je lui répondis que je m'inquiétais surtout pour les journées que je devais passer seul avec Mario, parce que j'avais beaucoup de travail.
« Quels horaires faites-vous ? lui demandai-je.
– Neuf heures-douze heures. Mais, après-demain, je ne viendrai pas.
– Vous ne viendrez pas ?
– Il faut que je voie quelqu'un, c'est important.
– Ma fille le sait ?
– Bien sûr qu'elle le sait. Que veux-tu manger ?
– Je vous laisse faire. »
Maintenant, non seulement je ressassais l'impolitesse de mon commanditaire, mais j'étais en colère contre Betta. Elle m'avait assuré – du moins c'est ce que j'avais compris – que Salli viendrait tous les jours. Or ce ne serait pas le cas. Je fermai la porte-fenêtre, j'avais froid malgré mon manteau. On sonna à l'interphone, une fois, deux fois, trois fois. Des coups prolongés, rapprochés, pleins d'urgence.

7.

C'était Saverio. Salli descendit en courant sans me donner d'explication et réapparut peu après avec un Mario rayonnant.

« Papa m'a ramené à la maison, dit-il.

– Et pourquoi ?

– La maîtresse était malade.

– Et il n'y avait pas une autre maîtresse ?

– Je ne veux pas aller avec une autre maîtresse, je veux rester avec toi.

– Comment tu as réussi à convaincre ton père ?

– J'ai pleuré. »

Je demandai à Salli si je pouvais lui laisser l'enfant une petite heure, mon travail me tracassait et j'avais besoin de réfléchir. Elle me répondit que son temps était compté, l'appartement grand, et que je lui ferais vraiment plaisir si nous allions tous les deux, grand-père et petit-fils, faire un tour jusqu'à l'heure du repas. C'était imparable. Je dis à Mario de poser son sac à dos et de venir avec moi. L'enfant se montra enthousiaste, Salli lui ordonna :

« Va faire pipi, Mariuccio : on fait toujours pipi avant de sortir, n'est-ce pas, grand-père ? »

Nous sortîmes, le vent était glacial. Je remontai mon col, enfonçai mon chapeau, mis son écharpe à l'enfant. Enfin je dis en détachant les mots pour bien lui faire comprendre mon intransigeance :

« Mario, que ce soit clair, je ne te porterai pas.

– D'accord.

– Et tu ne dois jamais me lâcher la main, pour aucune raison.

– Oui.

– Que veux-tu faire ?

– Aller dans le nouveau métro. »

On se dirigea vers la place Garibaldi, mais au bout de quelques pas la proposition de Mario me déplut. La place sur laquelle donnait la gare était un enchevêtrement de gens pressés, de vendeurs de toutes les marchandises possibles et imaginables, d'individus désœuvrés, de voitures, de bus. L'entrée du métro aussi était bondée, il me sembla insupportable de m'y enfoncer, j'avais besoin d'air. Je décidai de rebrousser chemin.

« Grand-père, c'est par là, le métro.

– Je vais te montrer le chemin que je faisais pour aller à l'école.

– Tu avais dit qu'on prendrait le métro.

– C'est toi qui l'as dit, pas moi. »

Je voulais marcher longtemps et oublier la voix de l'éditeur. Mais ce deuxième objectif se révéla difficile. Je disséquai notre coup de fil, essayai de lui trouver du bon. Savoir que les deux planches d'essai ne lui ont pas plu – me dis-je – me permet de changer de direction sans trop de mal, puisque le travail n'en est qu'à ses débuts. Mais, tout de suite après, je m'objectai à moi-même : changer de direction pour aller où ? Il était probable que j'avais réellement fait du mauvais boulot. Il était probable que mon taux d'hémoglobine trop bas, la ferritine, mon départ contraint m'avaient empêché de donner le meilleur de moi. Mais le respect ? Ces deux planches étaient issues de mon histoire, de ce que j'étais, de ce que j'avais produit avec succès pendant des décennies. Si ce jeune présomptueux s'était adressé à moi, s'il m'avait sollicité – illustre ce James pour moi –, c'était sur mon nom, sur tout ce que j'avais créé au cours de ma vie. Alors que voulait-il ? Et moi-même, à quoi pensais-je au fond quand je disais : j'ai le temps de changer de direction ? Il n'y avait qu'une direction, celle que j'avais suivie de mes vingt ans à mes soixante-quinze ans. Bien sûr, les deux planches pouvaient être améliorées, mais elles s'inscrivaient dans un parcours, et on ne pouvait les retoucher que dans la continuité de ce parcours, fait de dizaines et de dizaines d'œuvres appréciées.

Le cœur amer, j'enfonçai mes mains dans mes poches et me dirigeai tête basse vers le bord de mer. Mais Mario me tira par la manche :

« Grand-père, tu m'as lâché la main.

– Tu as raison, pardon.

– Cette rue n'est pas belle, avec papa on ne la prend jamais.

– Tant mieux, comme ça tu découvres des endroits nouveaux. »

C'était le périmètre de mon adolescence avec ses ruelles, rues et places, canaux tourbillonnants pris dans les mille trafics de Forcella, la Duchesca, le Lavinaio, le Carmine, qui s'étendait jusqu'au port et à la mer, vaste terrain zébré d'un flot ininterrompu de parler napolitain : conversations des passants, cris aux fenêtres, échanges de politesses au seuil des magasins, qui résonnaient tendres ou violents, aimables ou obscènes, soudant des époques éloignées, mon présent de vieil homme flanqué de cet enfant à l'autrefois de ma jeunesse. Saverio – je le savais même s'il ne me l'avait jamais dit – insistait depuis des années pour changer de coin, il cherchait à convaincre Betta de vendre l'appartement pour acheter dans un quartier de la ville plus adapté à leur statut d'universitaires. J'avais dit à ma fille de vendre comme et quand elle le voulait, je n'appartenais plus à ces rues ni à cette ville depuis de nombreuses années. Mais Betta était très attachée à Naples et, contrairement à moi, aimait cet appartement, ou plutôt aimait la mémoire de sa mère.

« Ici, dis-je à l'enfant en lui montrant un rideau de fer baissé qui disparaissait sous les graffitis obscènes, quand j'étais petit, il y avait une grosse dame, une dame énorme, qui faisait frire des *graffe*. Tu sais ce que c'est ?

– Des beignets au sucre.

– Bravo. Parfois j'en achetais un et je le mangeais assis sur ces marches.

– Tu étais petit comme moi ?

– J'avais douze ans.

– Alors tu étais grand.

– Je ne sais pas.

– Si, grand-père, tu étais grand : *moi*, je suis petit. »

On marcha assez longtemps. On alla du côté de Sant'Anna alle Paludi, puis de Porta Nolana. Au début, l'enfant prétendit s'arrêter dans tous les magasins de babioles chinoises, devant chaque moto ou scooter garé qu'il voulait examiner pour me prouver ses compétences. Mais, comme je l'entraînais avec moi sans céder, il finit par suivre le mouvement en s'abstenant presque de commentaires. Je lui adressai la parole de temps en temps, mais juste pour m'aider à me souvenir qu'il était là, que je le tenais par la main. Pour le reste, je continuai à ruminer les paroles de l'éditeur et, comme je les trouvais de moins en moins positives, mon irritation initiale grandit jusqu'à la *rabbia*, la rage. Un mot qui n'avait pas droit de cité à l'école, instituteurs et professeurs nous corrigeaient. Pas *rabbia*, nous reprenaient-ils, on dit *ira* ; la *rabbia*, c'est les chiens qui l'ont. Mais la langue qui se parlait à Vasto, Pendino, Mercato – les quartiers où j'avais grandi et avant, mon père, mes grands-parents et mes arrière-grands-parents, tous mes ancêtres peut-être – ne connaissait pas le mot *ira*, qui désignait le courroux d'Achille et d'autres personnages qu'on trouve dans les livres, elle ne connaissait que *'a raggia*, comme on dit à Naples. Les gens de cette ville, pensai-je, de ces quartiers, de ces places, de ces rues, de ces ruelles, de ces docks où l'on trime, charge et décharge des cargaisons illégales, étaient pris de *raggia*, pas de courroux. C'était la rage qui montait en eux à la maison, dans la rue, surtout quand ils cherchaient de l'argent sans en trouver.

Et, souvent, il suffisait d'un rien pour s'empoigner avec d'autres enragés. La rage, oui, la *raggia*, c'était bien autre chose que le courroux. T'es-tu courroucé ? Vous êtes-vous courroucé ? Se sont-ils courroucés ? Tu parles ! Instituteurs et professeurs nous inculquaient un vocabulaire inutilisable dans ces rues. C'était une ville de chiens, le courroux n'avait rien à voir avec mes yeux qui s'injectaient de sang dès lors que j'empruntais des rues comme celle où nous nous engagions à présent et qui menait au cours Garibaldi. Quand je sortais de l'école et que je n'avais pas envie de rentrer à la maison parce que j'étais furieux contre les autres élèves qui me tourmentaient et les profs sadiques, c'était la rage qui cognait dans ma poitrine, mes yeux, ma tête, et pour me calmer je rallongeais le chemin, j'allais jusqu'à Porta Nolana, parfois je prenais la rue San Cosmo, d'autres fois, le sang toujours bouillonnant, je traversais le Lavinaio et le Carmine, arpentant avec sauvagerie ces endroits dévastés, pour finir par arriver sur le port. Et gare si quelqu'un dans la rue me heurtait par inadvertance, je jurais comme un charretier, ce n'était pas du courroux, c'était de la *raggia*, et je lui ricanais au nez, puis je crachais, cognais en espérant recevoir la monnaie de ma pièce. Personne parmi les gens qui me connaissent aujourd'hui ne s'en douterait, mais j'étais ainsi. Ce serait merveilleux – me dis-je – de rentrer à Milan et de ressusciter, après plus d'un demi-siècle, tel que j'étais adolescent, foncer cours Genova, franchir la porte de l'immeuble où se trouve le siège de la maison d'édition, monter au troisième étage et sans préambule cracher au visage du petit monsieur mal élevé qui a critiqué mon travail : pas seulement ces deux planches, non, mais le travail de toute une vie, sans respect. Dommage que la saison de la *raggia* soit morte, je l'avais étouffée à une époque révolue.

« Tu sais ce que c'est, *'a raggia* ? demandai-je à Mario.

– On ne parle pas comme ça, grand-père.

– Qui l'a dit, papa ?

– Non, maman.

– Elle a raison, en effet, tu ne dois pas parler comme ça.

– Je peux te dire quelque chose ?

– Tu peux dire ce que tu veux.

– J'ai la gorge un peu sèche.

– Tu es fatigué ?

– Oui, très.

– Et on fait quoi quand tu es fatigué et que tu as la gorge sèche ?

– Toi, dis-moi.

– Un jus de fruits ? »

On entra dans le premier bistrot, un endroit sans aucun éclairage, pas même électrique. C'était un local exigu qui ne sentait pas le café ou les gâteaux, mais la crasse et le tabac. Mes yeux eurent du mal à s'habituer. Je regardai autour de moi, cherchant deux chaises, et ne vis qu'une petite table ronde en métal, à quelques centimètres du comptoir où un homme d'une quarantaine d'années, maigre comme un clou, le crâne largement dégarni, rangeait un plan de travail qui aurait eu besoin d'un sérieux coup de propre. Je dis : il nous faudrait un jus de fruits et un café, mais nous voudrions nous asseoir parce que nous sommes fatigués. Et je montrai la table dépourvue de chaises. L'homme s'anima soudain, cria en dialecte : Titì, apportdéchaisespourmonsieur. Une toute jeune fille sortit de l'arrière-boutique, portant deux chaises en métal et en plastique. Je m'assis sans plus attendre, Mario grimpa sur la sienne. La jeune fille dit : zêtestoutpâle, et m'offrit un verre d'eau. Je bus une gorgée, la remerciai.

« Tu veux un jus de quoi ? » demandai-je à Mario.

Il réfléchit, puis déclara :

« Pomme.

– Kilestbeauspetit », s'écria la jeune fille.

Ces phrases en dialecte étaient à la fois une part de moi et une chaîne de sons étrangers. L'homme et la jeune fille en faisaient un usage bienveillant, à la limite de la mièvrerie, mais la tonalité de fond était la même qu'en cas de violence. Il n'y a que dans cette ville – pensai-je – que les gens sont aussi naturellement disposés à vous secourir et aussi prompts à vous couper la gorge. Pour ma part, je ne savais plus être ni agressif ni affable à la napolitaine. Mes cellules avaient dû expulser les particules de fureur pour les enfouir comme des déchets toxiques dans des recoins secrets, et une politesse distante avait pris le dessus, totalement différente de cette politesse venue du cœur présente aussi bien chez cet homme, qui me fit aussitôt mon café, que chez la jeune fille, qui me le servit sur un plateau avec le jus de fruits pour le petit, comme si une grande distance séparait le comptoir de notre table et que je ne pouvais pas prendre moi-même la tasse et le verre, en tendant la main.

« Grand-père.

– Oui ?

– Il n'y a pas de paille. »

La jeune fille repartit dans l'arrière-boutique – j'imaginai une grotte ténébreuse dans les entrailles du bâtiment – et eut tôt fait de revenir avec la paille. Mario entreprit d'aspirer son jus de pomme, je bus mon café. Il était bon et j'eus envie de fumer pour la première fois depuis des années. Ce désir subit aiguisa mon regard, et je découvris des paquets de cigarettes alignés sur une étagère : le bistrot faisait aussi tabac. Je demandai des MS et une boîte d'allumettes. L'homme donna le tout à la jeune fille, qui me le transmit.

« Vougênezpaspourfumer, me dit-il en m'y invitant d'un large geste du bas vers le haut.

– Non, merci, je fumerai dehors.

– Laptitecigaretteaprèlcaféyapasmieux.

– C'est bien vrai.

– Alorallezy.

– Non, merci encore, mais non. »

L'envie me vint de dessiner cet homme, son geste débonnaire d'autorisation, et je sortis un stylo feutre et mon carnet. Par-delà la distance, immergé dans les profondeurs sombres de la ville où j'étais né, j'aurais voulu déclarer à l'éditeur : voici ma façon d'être au monde, comment t'es-tu permis de la dénigrer ? Je dessinai vite, comme si je craignais que l'homme, la jeune fille, le bar ne se volatilisent ou que je ne me volatilise, moi. Mario, qui buvait bruyamment avec sa paille, se pencha pour regarder ce qui m'occupait et la jeune fille s'approcha aussi, s'écriant d'une voix soudain joyeuse :

« Viens voir, papa. »

Le père quitta son comptoir, jeta un coup d'œil au dessin, déclara dans un italien aussi laborieux qu'embarrassé :

« Vous dessinez bien. »

Mario intervint :

« Mon grand-père est un artiste célèbre.

– Ça se voit, dit l'homme, et il ajouta : Moi aussi je savais dessiner, puis ça m'a passé. »

Je le regardai d'un air perplexe, frappé qu'il ait parlé de son penchant comme d'une maladie, et fermai mon carnet. Qu'est-ce qui m'avait permis d'échapper à cette ville, de me sentir en bien et en mal de plus en plus éloigné de gens comme lui, de ce milieu, quand en effet, malgré notre différence d'âge, lui et moi avions sans doute vécu une enfance et une adolescence semblables ? Sans parler de la jeune fille. Elle devait avoir l'âge de Mena, que j'avais aimée voici bien longtemps, avant que ces rues – elle habitait le quartier – ne la kidnappent pour le restant de ses jours. Pendant des mois, nous avions été bien ensemble. Puis, un soir, Mena m'avait embrassé longuement, un baiser profond, et n'avait plus voulu me revoir. J'avais déjà cessé d'être comme il fallait, comme on nous l'avait appris. Je dessinais, je peignais et, grâce à cette capacité, je prenais le large sans m'en rendre compte. Et en prenant le large, au lieu de lui plaire davantage, je l'incommodais comme si ma peau s'était couverte d'une éruption violacée. Tout ce cinéma parce que je dessinais des bonshommes ? Parce que je croyais devenir Dieu sait qui ? Tu n'as même pas ton permis de conduire, m'avait-elle reproché quelques jours plus tôt, tu ne peux m'emmener nulle part, tu habites peut-être un bel appartement, mais ta mère n'a jamais de quoi t'acheter des chaussures neuves, et certains jours elle ne peut même pas faire à manger parce que ton père joue son salaire aux cartes.

Elle avait raison, mon père était connu pour ça dans tout le quartier, il jouait tout, absolument tout, et pas pour gagner – il gagnait rarement –, mais seulement pour ce qu'il appelait le frisson, le frisson des cartes découvertes peu à peu en les regardant à la dérobée, ces cartes *sucées*, comme on dit en dialecte, savourées, matière vivante et changeante sous ses doigts qui tentaient de la modeler selon son désir et son attente, voire de la réinventer. J'avais détesté cet homme. Toute mon enfance et toute mon adolescence avaient représenté un effort permanent pour briser la chaîne de l'hérédité. Je voulais me découvrir un trait qui me soit propre et me permette de déserter son sang. Et je l'avais trouvé dans ma capacité à reproduire n'importe quoi au crayon. Mais quand j'avais manifesté ce don devant Mena, elle était restée bouche bée, pour ensuite se moquer de moi. Elle disait : tu te crois mieux que nous parce que tu nous transformes – moi et tous les autres – en personnages de BD ? Après quoi, elle rencontra vite des garçons qui avaient leur permis et, le samedi, une voiture rien que pour eux. Tutlajoues, me dit-elle, et elle me quitta.

J'attendis que Mario finisse son jus de pomme, mais il était clair qu'il n'en voulait plus parce que désormais, au lieu d'aspirer avec sa paille, il soufflait en le faisant bouillonner dans un bruit désagréable et souriait à intervalles réguliers, les yeux sur moi pour voir si j'approuvais ses prouesses. Ça suffit, dis-je. Je réglai et laissai un pourboire à la jeune fille.

« C'est trop, protesta-t-elle en lançant un regard interrogateur à son père.

– Le café était bon, dis-je.

– Le jus de pomme aussi, intervint Mario.

– Merci », dit l'homme à la place de sa fille, et j'eus l'impression qu'il me considérait déjà d'un air hostile comme si, au moment même où je payais et laissais un pourboire, je lui volais secrètement quelque chose.

Dehors, il y avait maintenant un peu de ciel bleu entre les nuages d'une blancheur éclatante, mais le vent avait recommencé à souffler. Je tirai une cigarette du paquet sous le regard étonné de l'enfant.

« On ne fume pas, grand-père.

– Grand-père est vieux, il fait ce qu'il veut. »

Quelle bonne odeur. À l'époque où Mena voulait encore de moi, je savais sous ses yeux admiratifs déjouer le vent pour craquer une allumette. En une fraction de seconde, j'abritais la flamme naissante entre ma paume et la boîte. J'y arrivais avant que le vent ne l'éteigne. Je voulus essayer à nouveau. Je frottai l'allumette sur le côté rugueux de la boîte, mais la flamme s'éteignit tout de suite, je n'eus pas le temps d'approcher la cigarette. Je réessayai, une fois, deux fois, Mario m'observait. Pour réussir à tirer la première bouffée, je dus m'abriter sous un porche. Encore une chose qui avait disparu : j'avais perdu la coordination de mes gestes, j'avais perdu la désinvolture. Pendant quelques secondes, je sentis que j'étais une partie insignifiante d'un très long processus de désintégration, une brisure destinée tôt ou tard à rejoindre les matières organiques et inorganiques qui, sur le sol et au fond des mers, s'agglomèrent depuis le paléozoïque.

« On rentre ? demanda l'enfant.

– Tu es fatigué ?

– Oui.

– Ç'aurait été mieux d'aller à l'école ?

– Non.

– Alors ? »

Il leva les yeux vers moi en prenant un air éploré.

« Je peux venir dans tes bras ?
– C'est hors de question.
– Mais je suis fatigué, j'ai mal aux pieds.
– Moi aussi, je suis fatigué et j'ai mal à un genou.
– Mais moi, j'ai une douleur dans toute cette jambe. »

On se bagarra à coups de moi : moi, moi, moi, l'un chassant l'autre, dans une litanie à la fois péremptoire et larmoyante. Je pris Mario dans mes bras en l'avertissant que je le reposerais par terre au bout de cinq minutes. Il avait aimé les livres, mais pas les illustrations. Elles sont trop foncées, avait-il dit, fais-les plus claires la prochaine fois. Et il jugeait là, non pas comme l'éditeur des planches dessinées sans conviction quelques jours plus tôt, mais des images anciennes, un travail auquel je tenais, qui avait été très bien reçu. Je l'avais cru, alors que depuis toujours je considérais ces petits livres comme des réussites. Tout se délite en quelques secondes, les opinions, les certitudes. Peut-être, pensai-je, mes illustrations ne parlent-elles plus à un enfant.

8.

On retrouva l'appartement rangé et briqué par la main énergique de Salli. Dans la cuisine, la table était déjà mise pour deux, on mangea ce qu'elle avait cuisiné. J'eus envie d'une petite sieste, j'étais épuisé d'avoir porté Mario longtemps, et encore, j'avais bataillé pour le convaincre que je ne tiendrais pas comme ça jusqu'à la maison. Mais je ne m'étais pas allongé sur mon lit que l'enfant installa ses figurines à mes pieds et se mit à jouer, comptant sur ma participation à plus ou moins brève échéance. Alors je renonçai à dormir et annonçai : pendant que tu joues, grand-père va travailler un peu. Il ne me répondit pas, feignant d'être absorbé pour cacher sa contrariété.

Je m'installai dans le séjour avec crayons, pinceaux, album, ordinateur, tout l'attirail que j'avais apporté. Je voulais rassembler mes idées, relire les passages de la nouvelle de James sur lesquels je projetais de travailler. Mais, je ne sais pourquoi, cette lecture me rappela le cafetier et je cherchai dans mon carnet le portrait de lui que j'avais esquissé. S'il était vrai qu'il avait su dessiner et qu'ensuite cette capacité s'était résorbée comme une fièvre, la personne que j'avais représentée était ce qui restait d'une possibilité. Cela expliquait peut-être qu'il m'ait frappé. Et que j'aie entrevu quelques secondes à ses côtés, et ébauché, une silhouette blanche, tandis qu'à coups de feutre résolus j'avais donné à l'homme un visage déformé et marqué, des mains courtaudes. J'essayai de reporter mon dessin sur une feuille plus grande. Le cafetier était la vie dans sa forme définie, dans sa durée, tandis que la silhouette blanche floue – eh bien oui, cette silhouette, c'était un fantôme. Mais j'avais eu tort de les dessiner côte à côte. Autrefois peut-être ils avaient été très proches, mais peu à peu la force des choses s'était condensée entièrement autour du cafetier, et la séparation était devenue irrémédiable. Et moi – me mis-je à penser –, d'où suis-je venu, de quoi me suis-je séparé ? Cette question éveillait déjà des images quand la voix de Mario parvint à mes oreilles :

« Tu fais quoi, grand-père ? Viens, papa est rentré. »

Saverio, encore en imperméable, passa la tête par la porte tout en recommandant à son fils : ne dérangeons pas grand-père. Il avait une tête d'enterrement, marmonna que Betta était restée à l'université en prononçant *université* comme si c'était non pas leur lieu de travail, mais un pub où ma fille en tenue légère buvait, sniffait et chantait d'une voix rauque. Je m'abstins de tout commentaire et il m'informa qu'il s'enfermait dans son bureau pour apporter les dernières retouches – c'est le mot qu'il employa – à son intervention. Mario ne le suivit pas, il attendit en silence sur le seuil du séjour. Drôle de façon de ne pas déranger grand-père. Je soupirai et lâchai en quittant ma table : d'accord, allons voir tes jouets.

Tout content, il voulut me les montrer un à un et il y en avait beaucoup. Il énuméra les noms et les fonctions de diverses figurines hideuses qu'il chérissait, puis, sans me demander si je voulais jouer, m'introduisit dans un monde né de son imagination, où je devais faire exactement ce qu'il disait. Quand je me trompais, il m'adressait des reproches débonnaires : grand-père, tu ne comprends pas, tu es un cheval, tu vois bien que tu es un cheval ! En revanche, si je me montrais distrait, ça le chagrinait et il demandait d'un air grave : tu ne veux plus jouer ?

Mes erreurs furent nombreuses et mes distractions encore plus. J'étais comme délavé par l'ennui et parfois, sans m'en rendre compte, je replongeais dans l'univers de James et le portrait du cafetier. Je voyais pendant quelques secondes des images qui me semblaient bonnes, j'aurais aimé les jeter sur le papier. Mais Mario s'écriait : grand-père, attention à l'ours, et à d'autres animaux qui, selon lui, à cet instant même, attaquaient le cheval que j'étais. Ou bien je cédais simplement au sommeil, parce que l'énergie visionnaire de l'enfant émoussait la mienne, me déprimait, et alors je sentais mes paupières se fermer. Je ne reprenais conscience qu'à une secousse de Mario et à sa voix sévère qui me rappelait à l'ordre.

J'espérais avoir mérité une pause réparatrice quand l'enfant, manifestement attristé par mon manque de participation, déclara qu'il allait demander à son père s'il voulait jouer avec nous. Je ne fis rien pour l'en dissuader et m'allongeai sur le lit. Mais il revint presque aussitôt, me tira de mon demi-sommeil, rapporta d'un air maussade que son père avait promis de jouer dès qu'il aurait fini son travail. En attendant, on va jouer tous les deux, proposa-t-il sans enthousiasme. Je me redressai sur mes coudes et lui demandai :

« Tu as des copains ?
– Un.
– Rien qu'un ?
– Oui, il habite au premier étage.
– Ici, dans cet immeuble ?
– Oui.
– Et tu ne vas jamais chez lui ?
– Maman ne me laisse pas y aller.
– Et il ne vient pas chez toi ?
– Non, ses parents ne le laissent pas venir.
– Il est petit ?
– Il a six ans.
– Alors il est grand.
– Oui, mais ils ne lui permettent quand même pas de venir.
– Comment vous êtes copains si vous ne vous voyez jamais ? »

Il m'expliqua que tout se passait sur le balcon. Il descendait son seau jusqu'au premier étage et échangeait des trucs avec son copain, qui s'appelait Attilio.

« Quels trucs ?
– Des jouets, des bonbons, des jus de fruits, plein de trucs.
– Tu veux dire que tu mets dans le seau des affaires à toi pour lui, et qu'il y met des affaires à lui pour toi ?
– Non, il n'y a que moi qui mets des affaires.
– Et ton copain les prend ?
– Oui.
– Donc il te vole tes affaires.

– Il ne les vole pas, il les emprunte.
– Et il te rend ce qu'il t'a pris ?
– Non, c'est maman qui va tout récupérer.
– Une maman fâchée ?
– Très fâchée. »

Je compris que le trafic au moyen du seau avait créé des problèmes à Betta et une tension entre les familles. Mario était le seul à penser qu'il avait un copain au premier étage.

« Tu veux voir comment je descends le seau ? » me demanda-t-il sur un ton engageant.

Je regardai la porte-fenêtre : le soir tombait, mais on voyait encore la balustrade, le seau, la corde.

« Non, il fait froid. Et puis, j'ai peur sur le balcon. »

L'enfant sourit.

« Tu peux pas avoir peur, tu es une grande personne.
– Ma mère aussi, ton arrière-grand-mère, avait peur.
– C'est pas vrai.
– Si, c'est vrai. Elle avait peur du vide.
– C'est quoi, le vide ? »

Je vis que je n'avais ni la patience ni la force de le lui expliquer. Je répondis mollement :

« C'est rien de spécial. »

Pendant ce temps, Saverio brillait par son absence. Je proposai à Mario d'aller chercher un des livres que je lui avais offerts pour qu'on lise une histoire. J'en lus quatre et j'étais à bout quand Betta rentra enfin, tout agitée.

Elle poussa la porte de la chambre, nous découvrit allongés sur le lit d'appoint, moi qui venais de commencer la cinquième histoire et son fils qui écoutait avec la plus grande attention.

« Tu as assez eu grand-père, dit-elle, maintenant c'est à moi. »

On alla dans la cuisine, elle voulut savoir si j'avais lu sa liste des précautions à respecter sans faute pendant son absence. J'avouai que non. Alors elle me trimbala dans tout l'appartement en répétant une à une ses consignes de la veille. Elle recommença au dîner, énervant Saverio qui bougonna à deux ou trois reprises : Betta, ton père est intelligent, il a compris. Ce qui ne l'empêcha pas de récidiver après le dîner, alors qu'elle n'avait pas bouclé sa valise, et cette fois ce fut une bonne chose, parce qu'elle s'aperçut qu'elle ne m'avait pas laissé le numéro de téléphone du pédiatre, qu'elle ne m'avait pas laissé le numéro de téléphone d'une de ses amies prête à intervenir au cas où je serais en difficulté, qu'elle ne m'avait pas laissé le numéro de téléphone du plombier au cas où, mettons, la douche tomberait en panne ou la baignoire se boucherait. Je grommelai :

« Tu m'avais dit que je pouvais compter sur Salli, mais après-demain elle ne vient pas. »

Elle répondit sans aménité :

« Où est le problème ? Elle vous laissera tout au congélateur. Tu es trop anxieux, papa.

– C'est que mon travail n'avance pas.

– Alors ne perds pas ton temps avec Mario. Pourquoi tu lui as lu des histoires ? Dis-lui que tu dois travailler et tu verras qu'il s'occupera sagement tout seul. Fais-moi juste le plaisir de ne pas le laisser devant la télévision, il faut que tu caches la télécommande.

– D'accord.

– Et empêche-le de sortir sur le balcon, surtout s'il fait froid. Son père l'a autorisé à jouer avec ce seau, mais je n'aime pas ça : le gamin du premier lui vole ses jouets et c'est moi qui dois aller rouspéter pour les récupérer.

– Je devrai l'emmener à l'école ?

– Oui, c'est à côté. Je t'ai écrit l'adresse sur la feuille et les maîtresses sont averties.

– Je peux l'en dispenser ?

– C'est toi qui vois. Bonne nuit, papa.

– Bonne nuit.

– Je t'appellerai tous les jours avant le dîner pour savoir comment ça se passe. Réponds, s'il te plaît, sinon je vais m'inquiéter. »

Elle me laissa le soin de coucher l'enfant. Je le trouvai en pyjama, assis sur mon lit, qui trafiquait avec mon téléphone. Je le lui enlevai d'un geste un peu brusque et dis :

« C'est à grand-père, on ne touche pas.

– Papa me laisse le sien.

– Eh bien, pas moi.

– Le tien est moche, il n'a pas de jeux.

– Alors tu n'as aucune raison de le prendre. »

Je posai le téléphone en haut d'une étagère chargée de bibelots, hors de sa portée. Mario accusa le coup, puis d'un air grave me demanda de lui lire encore une histoire. Je répondis que je lui en avais déjà lu quatre et qu'il était assez grand pour s'endormir comme grand-père, sans histoire. Je me couchai donc dans mon lit et lui dans le sien. J'éteignis. Saverio cria : tu ne supportes pas que je sois le meilleur et tu t'acharnes à me mettre dans des situations humiliantes face à ces connards avec qui je suis obligé de travailler. La réponse de Betta m'échappa. Je dormis profondément toute la nuit.

Chapitre 2

1.

Notre première journée presque seuls, Mario et moi, fut jalonnée d'incidents qui augmentèrent mon appréhension. J'eus un réveil difficile et il me fallut un certain temps pour comprendre où j'étais. Quand je découvris qu'il était presque huit heures, je m'inquiétai, me levai encore ensuqué, lançai un coup d'œil vers le lit de l'enfant. Il était vide. Mon cœur se mit à battre la chamade : Betta et Saverio avaient certainement quitté la maison pour arriver à temps à l'aéroport, où était Mario ? Je le trouvai à la cuisine, feuilletant un des livres que je lui avais offerts. La table était impeccablement mise pour deux. Je crus que c'était l'œuvre de Betta, mais, en me voyant, il précisa avec un sourire satisfait :

« J'ai mis le sucre de mon côté, grand-père, toi, tu n'en prends pas. »

Il s'était levé tôt, m'avait laissé dormir, avait mangé quatre biscuits et dressé la table.

« Mais, dit-il, je t'ai attendu pour allumer le gaz.

– Bravo. Demain, n'oublie pas que tu dois me réveiller.

– Je t'ai appelé, mais tu n'as pas répondu.

– J'étais fatigué, ça n'arrivera plus.

– Tu étais fatigué de m'avoir porté dans tes bras ?

– Oui. »

Je préparai du lait pour lui, du thé pour moi. Il but le lait goulûment et se bourra de biscuits au chocolat. Il s'informa :

« Je vais pas à l'école ?

– Tu veux y aller ?

– Non.

– Alors tu n'iras pas. »

Il manifesta sa satisfaction de façon spectaculaire, puis se calma et s'enquit prudemment :

« On joue après ?

– Je dois travailler.

– Tout le temps ?

– Tout le temps. »

Le passage dans la salle de bains fut une épreuve. Il se débarbouilla et se lava les dents debout sur un tabouret, mais mouilla son tee-shirt et m'expliqua où en trouver un de rechange. Quand je l'eus obligé à s'habiller de pied en cap, il prononça une mystérieuse formule elliptique : je dois aller. Il retourna dans la salle de bains, tira le tabouret devant la cuvette des W.-C., courut chercher mon livre d'histoires qu'il posa sur le tabouret, baissa son pantalon, s'assit sur la cuvette.

« Ferme la porte, grand-père », dit-il sans détacher les yeux du livre qu'il avait ouvert comme sur un pupitre.

Je fermai et allai dans le séjour, où m'attendait tout mon matériel pour travailler. Mais il ne se passa pas cinq minutes que je l'entendis m'appeler :

« Grand-père, j'ai fait. »

Il fallut que je le déshabille une deuxième fois, que je le lave. Au moment de se rhabiller, il voulut naturellement se débrouiller tout seul, mais avec une lenteur exaspérante et sous ma surveillance.

Salli arriva, je poussai un soupir de soulagement. Elle arborait la tenue d'une femme de goût qui, en dépit des lourdeurs de sa silhouette, sait s'habiller avec élégance. Mais elle s'enferma aussitôt dans le débarras au bout du couloir, juste à côté de la chambre de Mario, pour en ressortir débordante, en tee-shirt élimé, pantalon avachi et chaussons. Je pris les devants :

« Je vous laisse le petit, il faut que je travaille. »

Elle était dans un bon jour et décida d'être gentille.

« Vas-y, ne t'inquiète pas, Mariuccio sera sage. Pas vrai, Mariuccio, que tu seras sage ? »

Mario me demanda :

« Grand-père, je peux regarder comment tu dessines ?

– Non.

– Je me mettrai à côté de toi, je ne te dérangerai pas, je dessinerai moi aussi.

– Grand-père ne joue pas, dis-je. Grand-père travaille. »

Je m'enfermai dans le séjour. Mais je compris en quelques minutes que je n'avais pas envie de m'atteler à Henry James. Je me laissai tomber sur une chaise. Dérogeant à toutes mes habitudes, j'avais beaucoup dormi et, pourtant, j'étais vidé et n'éprouvais aucun désir de me consacrer à ce qui, depuis des lustres, m'occupait avec bonheur. Au contraire, je me surpris à penser à mon corps – mon corps actuel – privé des capacités qui avaient donné un sens à ma personne. De fil en aiguille, je sentis monter une frénésie d'autodénigrement lucide. Je vis soudain un vieillard sans qualités, de maigres forces, une démarche hésitante, une vue brouillée, des frissonnements ou des bouffées de chaleur subits, une indolence croissante mal endiguée par de médiocres efforts de volonté, des enthousiasmes simulés, des mélancolies réelles. Et cette image de moi me sembla être la bonne, vraie non seulement en ce moment à Naples dans la maison de mon adolescence, mais aussi – la vague de dépression déferla – à Milan depuis longtemps, dix, quinze ans, même si elle n'était pas aussi nette qu'à présent. Jusque-là, j'avais réussi à me croire dans la plénitude de ma force de travail. Ma vie artistique avait été paisiblement moyenne, sans pics évidents et par conséquent sans effondrements subits. Quand le succès était arrivé, il m'avait semblé naturel, je n'avais rien fait ni pour l'obtenir ni pour l'entretenir : c'était simple, mes œuvres le méritaient. Voilà peut-être pourquoi je m'étais si longtemps perçu comme une substance à jamais inaltérable. J'avais donc pu sans mal rester aveugle au fait que les contrats diminuaient, qu'on m'invitait de moins en moins à des manifestations importantes, que l'univers où j'avais joui d'un petit prestige avait disparu au profit d'autres univers dont je n'avais pas soupçonné l'existence à temps, d'autres groupes de pouvoir à qui mon existence était inconnue, des forces jeunes et agressives qui ignoraient tout de mon travail ou qui ne s'adressaient à moi que dans la mesure où je contribuerais peu ou prou à les lancer. Mais aujourd'hui – me dis-je –, je ne peux plus ignorer les signaux de déclin, ils sont aussi violents que ces sons capables de briser les vitres : le coup de fil offensant de mon commanditaire ; cette langueur de l'imagination dont je n'arrivais pas à me défaire ; et ma fille, ma fille unique, qui m'avait emprisonné sans que je m'en rende compte dans le rôle du vieux papi.

Je poussai un long soupir et m'aperçus que je faisais de la main le même geste involontaire que Mario. Et je fus presque content que Salli m'interrompe. Grand-père, appelait-elle d'une voix forte, sur un ton parfaitement mièvre, grand-père. À l'évidence, ne sachant quel nom me donner et persuadée de bien faire, elle recourait au même mot que l'enfant. Ou peut-être ma qualité de grand-père de Mario me conférait-elle à ses yeux celle de grand-père dans l'absolu, grand-père de n'importe qui, son grand-père à elle aussi, alors que, bon sang, elle était tout sauf jeune. Elle annonça d'une voix forte en frappant à la porte et en ouvrant sans attendre :

« Grand-père, excuse-moi, Mariuccio a allumé la télévision et ne veut plus l'éteindre.

– Quelle télévision ?

– La télévision. Madame Betta t'a dit qu'il ne doit pas la regarder ?

– Oui.

– Alors fais quelque chose, grand-père.

– Ne m'appelez pas grand-père : je ne suis pas votre grand-père et je ne me sens même pas le grand-père de Mario. »

Je me levai de ma chaise avec un gémissement et la suivis dans le couloir. La télévision produisait un bourdonnement d'avion interrompu par des voix masculines à plein volume.

« Où est le petit ?

– Dans le bureau de monsieur Saverio.

– Salli, si Mario fait quelque chose qu'il n'a pas le droit de faire, vous devez l'en empêcher, un point c'est tout, sans venir me chercher.

– Mais il ne m'écoute pas. Et je ne peux pas lui donner une gifle, tandis que toi, si.

– On ne gifle pas un enfant de quatre ans.

– Alors pan-pan les menottes.

– Je ne comprends pas ce charabia. »

Bien sûr que je comprenais, mais cette façon de parler me répugnait, j'appartenais à la génération qui avait introduit l'habitude d'employer avec les enfants un vocabulaire d'adultes.

« C'est ce que dit madame Betta.

– Alors c'est sa mère qui fera pan-pan les menottes à son retour. »

Je la suivis dans le bureau de Saverio, qui fleurait l'ail et le détergent. Mariuccio était assis devant la télévision, il se retourna brusquement. La femme de ménage dit :

« Tu as vu que je l'ai appelé pour de bon ?

– On ne rapporte pas, répondit l'enfant.

– On rapporte s'il le faut, intervins-je. Et, de toute façon, le volume est si fort que je n'arrive pas à travailler. Éteins.

– Alors je baisse », dit l'enfant en prenant la télécommande.

Je la lui ôtai des mains et éteignis le poste. Puis je lui expliquai calmement :

« Mario, pour moi tu peux regarder la télévision tout le temps que tu veux, matin, midi et soir. Mais ta maman ne veut pas, et si ta maman ne veut pas, Salli et moi on ne veut pas non plus. Donc, quand Salli te dit d'éteindre, tu éteins. Et si c'est moi qui te le dis, n'essaie plus jamais de me répondre : alors je baisse. C'est compris ? »

L'enfant fixa le sol, fit signe que oui. Puis il leva les yeux sur la télécommande dans ma main et fit mine de la prendre.

« Je te montre pour l'ouvrir et voir les piles, je peux ?

– Non, tu n'y touches plus.

– Alors qu'est-ce que je vais faire ?

– Va jouer.

– Sur le balcon ?
– Non.
– Il fait soleil.
– J'ai dit non.
– Alors je viens te regarder dessiner ? »

Il ne cédait pas, il était têtu. Je le fixai longuement, avant tout je crois pour lui signifier ma profonde contrariété. Mais quand j'aperçus la sueur perler sur sa lèvre supérieure, je me rendis sans plus attendre.

« D'accord, mais tu ne dois pas me déranger.
– Je te dérangerai pas.
– Tu ne devras pas dire : grand-père je veux ci, grand-père on fait ça.
– Je le dirai pas.
– Tu devras rester assis, sans bouger ni parler.
– D'accord. Mais avant, je vais faire pipi. »

Il s'échappa et je l'entendis s'enfermer dans la salle de bains. Salli, qui n'avait rien dit pendant tout ce temps, en profita pour me reprendre :

« Un grand-père ne se comporte pas comme ça.
– Que voulez-vous dire ?
– Tu l'as terrorisé, ce pauvre gosse.
– Et vous, vous vouliez que je lui donne une gifle !
– Une gifle, d'accord, mais pas ça.
– Ça, quoi ?
– Ce ton méchant. Si tu as du travail et que tu es énervé, c'est moi qui garderai ce petit. »

Il ne me semblait pas avoir adopté allez savoir quel ton, c'était peut-être avec elle que je devais me montrer moins conciliant. Mario revint au pas de course, il avait les yeux rouges comme s'il les avait frottés.

« Je suis prêt. »

Je lui demandai en m'efforçant de prendre une voix joyeuse :

« Tu préfères voir mon travail à moi ou le travail de Salli ? »

Il laissa courir de moi à Salli un regard faussement hésitant, puis revint sur moi et s'écria avec un entrain excessif :

« Ton travail à toi. »

Et il fila au séjour. Je glissai à Salli : comme vous le voyez, il me préfère. Elle ne sembla guère convaincue et répondit qu'elle allait préparer le repas. Je la regardai sortir du bureau de Saverio, elle se tenait un peu voûtée et semblait encore plus petite. Dans un éclair, je me souvins qu'elle ne viendrait pas le lendemain, un jour entier seuls, l'enfant et moi. Je lui proposai tout de go : ne vous absentez pas, je vous paierai personnellement une journée complète, vous venez le matin à neuf heures, vous repartez le soir à vingt et vous n'avez pas de ménage à faire, vous devez seulement vous occuper de Mariuccio. Elle ne se retourna même pas : demain je suis prise, c'est un jour important, qui va décider de mon avenir. Vieille grincheuse, l'avenir, l'avenir : quel avenir pouvait bien l'attendre ? Je retournai dans le séjour.

2.

Mario approcha une chaise au plus près de la mienne.

« Je peux utiliser ton ordinateur ? me demanda-t-il.

– C'est hors de question. »

J'hésitai à m'asseoir. Je fus tenté de prendre mon téléphone et de crier à l'éditeur : l'oxygène, l'éclat, je m'en fous, dis-moi en clair ce qui ne va pas, sinon je laisse tomber la commande et les trois sous que tu m'en donnes, je n'ai pas envie de perdre mon temps. Mais je n'en fis rien, l'angoisse de la vieillesse réapparut de la même façon qu'elle s'était invitée peu de temps auparavant. J'avais besoin de ce contrat, pas d'un point de vue financier – mes économies et mon appartement milanais faisaient de moi un homme aisé –, mais parce que je paniquais à l'idée de ne plus avoir d'impératifs de travail. Cela faisait au moins cinquante ans que je courais d'une échéance à une autre, toujours sous pression ; et l'angoisse de ne pas réussir à boucler honorablement tel ou tel contrat, suivie du plaisir de m'en être tiré avec succès, fonctionnait comme des montagnes russes dont – je me l'avouai enfin – je me voyais mal me passer. Non, non, mieux valait continuer à dire encore un certain temps à mes relations, à ma fille, à mon gendre et surtout à moi-même : je dois travailler sur James, je suis très en retard, il faut que je trouve une idée au plus vite. Ainsi, sous les yeux attentifs de Mario, je repris mes esquisses, en particulier les essais désordonnés effectués deux nuits plus tôt.

Au début, c'était juste pour me calmer. Je regardais les feuilles, appréciais la bonne odeur de cuisine qui entrait dans la pièce malgré la porte fermée, surveillais de temps en temps du coin de l'œil l'enfant qui tenait sa parole, pas un craquement de chaise, c'est à peine s'il respirait. Mario fixa les feuilles tout le temps avec moi comme si on jouait à qui se fatiguerait le premier. Mais, arrivé un moment, j'oubliai sa présence. J'eus l'idée d'utiliser les dessins de l'appartement tel qu'il était autrefois comme toile de fond pour la maison new-yorkaise du texte de James. Cette hypothèse me réveilla, c'était là un bon point de départ : faire se télescoper les pièces XIXe siècle d'outre-Atlantique et celles de l'appartement napolitain du milieu du XXe. Excellent. J'entrepris aussitôt d'isoler au crayon, dans le désordre des feuilles couvertes de signes, certains détails qui me semblaient utiles. Et mon esprit s'enflamma tout de suite. Alors, quand Mario m'appela d'une toute petite voix – c'était un moment où tout semblait cohérent, j'avais en tête des formes tout à fait précises –, je lui répondis avec brusquerie : tais-toi, tu as promis. Mais il répéta doucement :

« Grand-père.

– Quel était notre pacte ?

– Je dois me taire et ne pas bouger.

– C'est ça.

– Mais j'ai *une* chose à te dire.

– Une, pas plus, je t'écoute. »

Il me montra des traits au feutre noir dans un coin à droite de la page que j'examinais. Et déclara :

« Ça, c'est toi. »

Je regardai mon dessin, c'était un gribouillis distrait. Il pouvait représenter un jeune homme brandissant un couteau ou un enfant tenant une bougie, mais de façon assez vague, comme si ma main s'était portée dans ce coin de la feuille sans intention. Quand l'avais-je fait : la nuit dernière, il y a deux minutes ? Dans cet entortillement rapide de lignes brillait ce qui, le temps d'émerger, disparaît déjà. Il ne me déplaisait pas, il me rappelait ce que je savais faire enfant et je fus ému de constater que, contrairement à ce que j'avais cru, mes croquis avaient capturé quelque chose de cette époque, de ce que je savais dessiner quand je vivais avec mes parents et mes frères dans cet appartement. Je m'en servirai, me dis-je, c'est bon. Et je demandai à l'enfant :

« Il te plaît ?

– Pas trop. Tu me fais un peu peur.

– Ce n'est pas moi, c'est un gribouillis.

– C'est toi, grand-père, je vais te montrer. »

Il descendit de sa chaise, l'air résolu.

« Où vas-tu ?

– Chercher l'album photo, viens, apporte ton dessin. »

Il attendit que je me lève, me prit par la main comme si on pouvait se perdre. Quand il poussa la porte du séjour, un courant d'air froid nous enveloppa. Il faut croire que Salli avait ouvert toutes les fenêtres de l'appartement pour aérer et faire sécher le sol mouillé, et la maison était à présent glaciale. En outre, sans la protection des doubles vitrages, le bruit de la circulation arrivait dans toute son intensité. On alla dans le bureau de ma fille, là aussi la fenêtre était grande ouverte, le vacarme extérieur étouffait des cris lointains, des coups sourds comme lorsqu'on bat un tapis. Mario traîna une chaise devant un meuble doté de nombreuses portes, j'essayai de l'arrêter – dis-moi où est l'album et je le prendrai –, mais en vain, il adorait grimper partout. Il ouvrit une porte en tournant la clé, sortit un vieil album vert sombre et me le tendit.

« Il faut refermer », lui rappelai-je.

Il ferma.

« À clé. »

Il tourna promptement la clé.

« Tu es un nain, lui dis-je.

– Non.

– Si, si, tu es un nain.

– C'est pas vrai, je suis un enfant, répliqua-t-il fâché.

– Bon, pardon, tu es un enfant, grand-père est idiot et dit des trucs idiots de façon idiote, n'y fais pas attention. »

Je l'aidai à sauter de la chaise – mais cette fois il essaya de retirer sa main, il voulait sauter tout seul, mais je l'en empêchai – et, quand il atterrit avec un petit cri de joie, il me demanda :

« Tu voulais dire que je suis un sept-nain ?

– Oui. »

Et je lui expliquai qu'il avait eu tort de se vexer, c'était un compliment, cela signifiait : tu es grand et raisonnable. Je posai l'album sur le bureau, lui demandai où était la photo qu'il voulait me montrer. Je connaissais bien cet album : c'étaient les photos de famille qui étaient passées de ma mère à ma femme et, après sa mort, à Betta. L'enfant le feuilleta d'un air averti et me montra une photo où je figurais avec ma mère et mes frères. Je ne m'en souvenais pas, j'avais toujours dû la regarder à contrecœur, chaque moment de mon adolescence m'avait semblé une odieuse contrainte. Cette photo avait sûrement été prise par mon père, c'est lui qui nous regardait dans l'appareil et c'est lui que nous regardions. Tout le monde souriait, sauf moi. Quel âge pouvais-je avoir ? Douze ans ? Treize ? Mon visage me sembla repoussant, un visage allongé, étroit, inachevé. Le temps avait épargné chaque millimètre carré de la photo, exception faite de mes contours. Ou bien l'image avait toujours été comme ça, marquée par un défaut d'exposition qui n'avait endommagé que mon profil. Rien dans mon visage et mon corps fluet n'apparaissait achevé. Je n'avais pas de bouche, pas de nez, mes yeux étaient cachés par l'ombre épaisse de mes arcades sourcilières, mes cheveux s'estompaient dans le blanc du ciel. Je ne reconnus de cet instant figé par l'appareil que l'éclair de haine pour mon père. Je le regardais sans yeux, avec aversion, à cause de son vice du jeu, de la misère à laquelle il nous condamnait, de la fureur qu'il portait en lui et déversait sur ma mère et sur nous quand il n'avait rien à jouer. Mon aversion ressortait très nettement et, à présent, elle me répugnait.

« Tu vois que c'est toi ? dit Mario.

– Mais non. »

Il rapprocha mon dessin de la photo.

« Tu dis des mensonges, grand-père, c'est toi.

– Je n'étais pas comme ça, c'est la photo qui donne cet effet.

– Pourtant tu t'es dessiné pareil, regarde. Tu es moche. »

Je frissonnai :

« Oui, c'est vrai, mais ce n'est pas très gentil de me le dire.

– Papa dit qu'il faut toujours dire la vérité. »

Je pensai que c'était Saverio qui avait dû me qualifier de moche sur cette photo, et peut-être en général. Les corps – ces lambeaux de nature – ont besoin d'affinités pour sympathiser, or mon gendre et moi n'en ressentions aucune. J'entendis encore des cris, les coups sur le tapis redoublèrent. J'examinai la façade de l'immeuble d'en face, personne ne criait, personne ne battait de tapis. Je demandai :

« Non seulement grand-père est moche, mais il est aussi un peu sourd. Tu entends ces cris ? »

Il répondit en fermant l'album.

« Oui, c'est Salli.
– Salli ? Et pourquoi tu ne me l'as pas dit ?
– Pour ne pas te déranger. »

Je tirai sur un de mes lobes, le droit en l'occurrence, parce qu'il me semblait entendre mieux ainsi. Les cris venaient de la pièce où nous dormions, j'allai voir ce qui se passait, Mario me suivit comme s'il le savait déjà. Salli était sur le balcon, la porte-fenêtre était fermée. Elle tapait avec la main contre le double vitrage, mais, justement parce que c'était du double vitrage, les coups et ses cris – grand-père, Mario ! – résonnaient faiblement dans la pièce et dans tout l'appartement. Je me souvins des recommandations de Betta : la porte du balcon – un seul battant laqué banc – avait un problème de fermeture. Je pensai, contrarié : l'éditeur, Mario, Salli, impossible de se concentrer. Cette femme aurait dû s'occuper de moi et de l'enfant, et il fallait au contraire que je perde mon temps avec elle à cause de son étourderie. Elle avait ouvert toutes les fenêtres, puis était sortie sur le balcon sans penser que le courant d'air ferait claquer la porte. Maintenant elle était là avec ses exigences, criant à l'aide.

« Nous voici, arrêtez de taper contre la vitre, dis-je.
– Ça fait une demi-heure que j'appelle.
– Vous exagérez.
– Tu n'entendais pas ?
– Je suis un peu sourd.
– Tu sais comment ouvrir ?

– Non.

– Monsieur Saverio ne t'a pas montré ?

– Non. »

Salli eut une expression de découragement et tapa une dernière fois contre la vitre. Je pensai que nous avions à cet instant des sentiments en miroir, nous étions tous deux exaspérés par la perte de temps que nous nous causions mutuellement, et cela me la rendit soudain proche. En revanche, Mario m'énerva, il sautait sur toutes les occasions pour jouer.

« Moi, je sais comment on ouvre, grand-père. »

Je ne lui répondis pas, je demandai à Salli :

« Vous ne pouvez pas ouvrir de l'extérieur ?

– Si je pouvais, je ne t'aurais pas appelé. Il n'y a pas de poignée extérieure.

– Comment ça ?

– Que veux-tu que je te dise, monsieur Saverio l'a achetée comme ça. Mais, de l'intérieur, il suffit de pousser fort vers le haut, puis vers le bas, et ça la débloque. »

Mario intervint :

« Tu as compris, grand-père ? Tu tires par ici et puis tu tournes par là. »

Ses mains firent des gestes précis, que je répétai sans presque m'en apercevoir.

« C'est ça, dit-il approbateur. Je prends une chaise et je t'aide ?

– Je vais le faire tout seul. »

Je m'appliquai, mais en vain, la porte ne s'ouvrit pas.

« Il faut y aller fort, il faut la force de papa.

– Ton papa est jeune, moi je suis vieux. »

Je réessayai. Je poussai la poignée en haut, puis en bas de façon décidée. Aucun résultat.

« Je ne peux pas rester ici toute la journée, dit Salli soucieuse, je dois aller travailler ailleurs. Appelle les pompiers.

– Et puis quoi encore. »

L'enfant me tira par la manche, je ne lui répondis pas. Alors, pour obtenir mon attention, il me frappa plusieurs fois du poing sur la jambe.

« J'ai une idée.

– Garde-la pour toi et laisse-moi réfléchir. »

Il n'arrêta pas de me frapper la jambe. Je soupirai :

« Bon, dis-moi.

– Salli fait descendre le seau et remonte le vide : quand il n'y en a plus, elle passe au-dessus de la rambarde et elle s'en va.

– Si je ne vais pas à mon travail, ils vont me licencier. Fais quelque chose, s'il te plaît. Quand la porte ne s'ouvre pas, il faut prendre un tournevis.

– Oui, confirma Mario, des fois papa ouvre avec le tournevis. Je peux t'aider, je vais chercher le tournevis ?

– Tu m'aides plus en te taisant. »

J'étais agité, incapable de me concentrer. Depuis combien de temps n'avais-je pas utilisé un tournevis, une pince, une clé anglaise ? Je repensai aux quelques traits que j'avais dessinés sur le bord de la feuille, et à la voix insistante de Mario qui soulignait – mieux, me démontrait – les ressemblances entre ces traits et l'adolescent de la photo. À cet âge, j'avais failli mal tourner, mes résultats scolaires étaient médiocres, je peinais en latin. Mon père m'avait envoyé travailler dans un garage à quelques pas de la maison, un endroit qui n'existait plus aujourd'hui. Pendant plusieurs mois, mes mains, ma tête avaient pris un autre chemin et mon gribouillis renvoyait peut-être à cette période. Il faut que j'accumule ce genre d'esquisses, me dis-je, et je me sentis prêt, ma tête ne se résignait pas, elle me laissait là planté comme un piquet, me proposant en trois secondes non pas des solutions pour libérer Salli, mais un flot de dessins que je voyais naître, puis s'effacer. J'imaginai un croquis de moi enfant, capable de manœuvrer la poignée comme il fallait, d'utiliser un tournevis avec dextérité. Il me sembla pouvoir obtenir cette représentation de l'efficacité sans relever le crayon, en allant directement de la ligne des mains déjà noueuses, tachées de cambouis, pour remonter le long des bras robustes et du cou tendu jusqu'au visage grimaçant. Combien en avais-je à l'esprit de ces adolescents, ils constituaient la foule de mes mutations entre douze et vingt ans, quand, ma croissance achevée, j'avais trouvé la force de quitter cette maison. À présent, je voulais tenter un saut périlleux arrière, par-dessus plus de cinquante ans de travail adulte, loin, loin, jusqu'à mes premiers corps à corps avec les formes ; comme s'il était vraiment possible d'abandonner ma façon actuelle, enflammée et passionnée, de faire et refaire pour plonger dans le zéro absolu, dans un trou au milieu de la glace où tout se conserve. Je saisis la poignée et avec rage – rage, pas courroux – la poussai d'abord vers le haut, puis vers le bas. Je sentis un déclic, tirai la porte : elle s'ouvrit.

« Il était temps, explosa Salli qui rentra dans la maison en criant, il faut que je file, je vais être en retard. »

Elle nous donna ses instructions pour le déjeuner et le dîner du jour ainsi que ceux du lendemain, mais elle ne s'adressa qu'à Mario, je ne lui inspirais aucune confiance. Puis elle s'enferma dans le débarras, en ressortit métamorphosée en femme mûre d'une parfaite élégance et se sauva.

Je m'assis au bord de mon lit, Mario ôta vite ses chaussures, grimpa et se mit à sauter avec des cris de joie, défaisant tout le travail de Salli. Il me demanda : tu sautes aussi, grand-père ? La porte-fenêtre était restée ouverte, le balcon s'élançait contre un ciel d'un bleu intense. Je vis des brins d'herbe jaunâtres qui poussaient dans la trace de terreau noire et irrégulière entre les carreaux. Je sermonnai l'enfant :

« On ne peut pas remonter le vide avec un seau, Mario. Ne t'aventure pas à jouer à ce que tu m'as dit tout à l'heure : le vide reste et, si tu passes par-dessus la rambarde et que tu sautes, tu meurs. Ton papa ne te l'a pas dit ? Il t'a seulement dit que je suis moche ? »

Puis je me déchaussai à mon tour, montai sur le lit, et on sauta en se tenant par la main. Je sentais mon cœur dans ma poitrine, telle une énorme boule de chair vivante, faire le yoyo entre mon estomac et ma gorge.

3.

Mario dut penser que l'heure des jeux effrénés avait sonné. En réalité, je comptais simplement céder brièvement à sa demande avant de retourner travailler. On mangea le repas délicieux que Salli avait cuisiné et, tandis que nous déjeunions, j'essayai déjà de fixer certaines des images qui m'étaient venues à l'esprit. D'une main, je portais ma fourchette à la bouche, de l'autre, j'esquissais à traits rapides de petites formes ramassées qui toutefois, je dois en convenir, n'étaient pas très réussies. C'était la faute de l'enfant : il n'en démordait pas et proposait sans cesse pour l'après-midi des jeux selon lui très amusants. Je capitulai. On va débarrasser, annonçai-je, et puis on jouera, mais pas longtemps, tu sais que grand-père a du travail.

Je débarrassai sous sa direction et eus droit à de continuelles remontrances. Tout devait être rangé à sa place et il était inutile de lui dire que Salli s'en chargerait. Au début, je m'expliquai ce zèle par son envie d'obéir à ses parents, mais je m'aperçus vite que ce n'était pas vrai. Il adorait les compliments et, comme son père et sa mère simulaient sans doute l'enthousiasme devant son utilisation disciplinée des objets, il s'attendait à la même attitude chez moi. Quand je lui disais : on s'en fiche de la place de la salière, laisse-la ici, ne me casse pas les pieds, il pinçait les lèvres et me regardait désorienté. Je réussis à contrer sa maniaquerie en l'avertissant que plus on perdrait de temps à tout ranger, moins on en aurait pour jouer. Alors il accepta sur-le-champ un rangement sommaire et demanda : on y va ?

Il m'obligea à jouer à l'escabeau et au cheval. Le premier jeu me fit bâiller du début jusqu'à la fin. Il consistait à sortir l'escabeau du débarras, l'ouvrir en vérifiant qu'il était stable et monter jusqu'en haut pour redescendre ensuite. Au début, il montait une marche à la fois, moi derrière pour parer à toute chute, ce qui l'énervait parce que, à l'en croire, il n'était pas nécessaire que je le suive pas à pas. Puis, à force de protester avec prudence mais constance, il me convainquit de le laisser monter, tandis que je restais au pied de l'escabeau en le tenant par un bras. Il finit par s'insurger :

« Je sais monter tout seul, ne me tiens pas.

– Et si tu tombes ?

– Je ne tomberai pas.

– Mais si tu tombes, je te laisserai pleurer par terre.

– D'accord.

– Et entendons-nous : tu montes encore trois fois, puis stop.

– Non, trente.

– C'est combien trente, à ton avis ?

– Beaucoup. »

Le voir monter et descendre infatigablement m'épuisa. J'approchai une chaise de l'escabeau et m'assis, mais en m'efforçant de surveiller la moindre incertitude dans ses mouvements pour bondir à temps. Quelle force recelait ce petit corps ! Que se passait-il sur sa peau, sous sa peau, dans sa chair, ses os, son sang ? Respiration, nutrition. Oxygène, eau, tempêtes électromagnétiques, protéines, scories. Comme il serrait les lèvres ! Et cette façon de regarder en haut, l'effort de ses jambes trop courtes pour franchir sans coup férir la distance entre les marches, les mains agrippées aux montants métalliques. Pour ne rien dire de la descente, à la fois prudente et téméraire, le pied qui se posait sur la marche inférieure pendant que l'autre pied dérapait déjà, perdait son appui. Petit être déterminé au regard tendu vers le haut, au regard tourné vers le bas, dans la peur et la joie du risque. Je ne réussis à l'arrêter qu'en lui promettant de passer tout de suite au deuxième jeu.

Il s'agissait à présent de faire le cheval. Je dus, soupirant et gémissant, me mettre à quatre pattes. Il grimpa sur mon dos, s'installa à califourchon et, me tenant par mon pull, m'ordonna avec compétence : au pas, au trot, au galop. Si je tardais à obtempérer, il me donnait des coups de talon dans les côtes en criant : au galop j'ai dit, tu es sourd ? Oui, j'étais sourd, et fatigué, et mal en point comme il ne pouvait même pas l'imaginer.

Créature fruste malgré son vocabulaire fourni, il se mit à me prendre vraiment pour un cheval, en effet il ne m'appela plus grand-père, mais Furie, nom que, comme d'habitude, il tenait de Saverio. Mais la furie, c'était lui, tout son organisme était traversé par une énergie incontrôlable, pure expansion de vitalité enkystée dans mon corps inadapté, dont le moindre déplacement se traduisait par des douleurs aux poignets, aux genoux, aux côtes. Je m'efforçai toutefois de faire au moins le tour de l'appartement : couloir, cuisine, bureau de Betta, séjour, entrée, petit bureau de Saverio et enfin retour dans notre chambre, où le balcon était resté ouvert et où il faisait un froid de canard. J'étais bouillant désormais : mon sang affluait de la périphérie de mon corps comme une lave, enflammant mes veines et mon cœur, je suais à grosses gouttes, plus encore que certaines nuits. Si, dans le corps de Mario, la physique et la chimie les plus secrètes se révélaient d'une allègre violence, dans le mien elles étaient tristes, d'une douloureuse mélancolie, leurs équations et réactions s'avérant de plus en plus déplacées, leur résolution de moins en moins fréquente comme dans des exercices d'élèves paresseux. J'attrapai l'enfant avec un bras et le délogeai de ma croupe avant qu'il réclame : encore.

« Le cheval est fatigué, dis-je un râle dans la voix.

– Non.

– Si, il est très fatigué. »

Je le déposai par terre, m'allongeai à côté de lui sur le carrelage glacé.

« On va reprendre notre souffle.

– Moi, j'ai pas besoin, grand-père. On refait un tour.

– C'est hors de question.

– Papa en fait cinq.

– Moi un, il faudra t'en contenter.

– S'il te plaît.

– Je dois aller travailler.

– Et moi ?

– Tu as tes figurines, tu restes ici et tu joues avec.

– Je peux apporter mes jouets dans la pièce où tu es ?

– Non, tu me gênes.

– Tu es méchant.

– Ah oui, je suis très méchant.

– Je le dirai à maman.

– Ta maman le sait déjà.

– Alors je le dirai à papa.

– Dis-le à qui tu veux.

– Mon père te donnera un coup de poing.

– Ton père, si je lui crie "bouh !", il fait caca dans sa culotte.

– Répète-le.

– Bouh.

– Non, l'autre chose.

– Il fait caca dans sa culotte. »

Il rit.

« Encore.

– Il fait caca dans sa culotte. »

Il partit dans un grand éclat de rire auquel il s'abandonna avec délices. Je me redressai d'abord en position assise, puis debout en prenant appui sur le bord du lit. La sueur dans mon dos et sur ma poitrine était glacée, j'avais froid maintenant. J'allai fermer la porte du balcon.

« Encore, grand-père, me demanda Mario les yeux levés sur moi.

– Encore quoi ?

– Il fait caca dans sa culotte.

– On ne dit pas de gros mots.

– C'est toi qui l'as dit.

– Moi, j'ai dit : il fait caca dans sa culotte ? »

Il se remit aussitôt à rire en criant :

« Oui, oui, oui. »

La violence allègre de cette cascade, bouche grande ouverte découvrant ses dents minuscules, m'impressionna. J'enviai la force incontrôlable qui fendait ce visage et cette gorge. J'ignorais si j'avais jamais ri comme ça, en tout cas je ne m'en souvenais pas. Quelle puissance dans cette façon de rire à la fois de rien et de l'essentiel. Il riait des mots grossiers appliqués au corps de son père, et c'était un rire – me sembla-t-il – sans l'ombre d'une angoisse. Je fis le tour de la chambre. Je jetai un coup d'œil distrait sur ses dessins aux murs, une série de bonshommes, prés verts et gribouillis indéchiffrables.

« Ils te plaisent ? me demanda-t-il.

– Ils sont trop clairs. »

Et je fis tomber par terre les unes après les autres les figurines que Salli avait rangées en bon ordre sur les étagères. J'enchaînai en soulevant une caisse remplie de jouets et en la renversant en vrac devant lui, ce qui le laissa bouche bée. Les objets tombèrent en pluie autour de lui, heurtant le sol comme s'ils dansaient. Je lui fis au revoir de la main :

« Amuse-toi bien. »

Il me dévisagea effaré, il était tout rouge.

« Je ne m'amuse pas tout seul, dit-il boudeur.

– Moi, si. Et ne t'avise pas de me déranger, sinon ça va barder. »

4.

Je ne m'amusai pas du tout. Non seulement j'étais épuisé d'avoir joué avec l'enfant, mais cela avait affaibli les images que, me semblait-il, j'aurais dû fixer d'urgence. D'avoir été entrevues, elles devenaient accessibles et avaient perdu le charme de l'irreprésentable. Maintenant, elles étaient là comme des animaux malades dans l'attente muette et aveugle de la guérison ou de la mort. C'est pourquoi l'idée de les traquer, d'essayer de les sortir du néant grâce aux traits rapides dont avait bénéficié le dessin repéré par Mario m'inspira de moins en moins. Je ne traçai que des lignes amorphes, en espérant retrouver mon coup de patte.

Les yeux de mon imagination semblaient voilés. Mon vieux corps actuel était désormais trop éloigné des adolescents avortés qui apparaissaient par fulgurance, puis explosaient avec un grondement sourd qui m'étourdissait. Et pourtant c'étaient eux – pensai-je –, les fantômes qui pouvaient m'être utiles. Hostiles, dangereux. Le personnage que j'avais gribouillé machinalement dans un coin de feuille était apparu en éclaireur. C'était bien un couteau qu'il tenait à la main, et qui disait couteau disait désir impérieux de l'utiliser, de le planter dans le corps d'un passant malpoli, dans la gorge de mon père, entre les seins si durs de Mena quand elle m'avait quitté, dans la poitrine du beau garçon qui me l'avait volée. Entre douze et seize ans, j'avais cherché sans cesse une occasion, je voulais trouver une brèche pour cette soif de sang qui me montait au cerveau. Si j'avais utilisé ce couteau ne fût-ce qu'une fois, ne fût-ce que pour menacer, j'aurais enfin été plus adapté aux rues du Lavinaio, du Carmine, de la Duchesca. Il ne s'agissait pas d'un fantasme de corps perturbé par la croissance. Mes fantasmes à cette époque se situaient ailleurs : devenir artiste, même si chez moi on ignorait ce qu'était l'art. Mon père l'ignorait, mon grand-père l'ignorait, et tous mes ancêtres sans exception. La réalité, en revanche, c'était virer voyou, me retrouver sur la mauvaise pente, tâter de la prison, sentir dans mes mains la capacité de tuer, le faire en camorriste, encore et encore, selon un itinéraire qui suivait la logique des rues où je marchais jusqu'à la nuit noire, des rues vouées aux trafics illicites, aux putains, aux maquereaux. À des années-lumière des crayons, des pastels, des aquarelles, de la peinture. Cette timide part de moi était hors contexte. J'avais eu pendant mon adolescence des mains prêtes pour tout autre chose. Mon père, le pauvre homme, ne fit pas preuve de méchanceté quand il m'envoya travailler dans un garage, il nous donna à tous deux une leçon de réalisme. La tradition familiale dans ses nombreuses branches voulait qu'on soit mécanicien. Ou ouvrier électrotechnicien, comme mon père justement. Ou tourneur, comme mon grand-père. C'était probable, et possible aussi. Monter, démonter, visser, dévisser, ongles toujours noirs, pulpe des doigts épaisse, paumes larges et dures. Ou trimer comme docker, porteur aux halles. Ou être livreur, serveur, monter un petit commerce, me faire embaucher à vie aux chemins de fer. Ou vivre d'expédients, d'esbroufe et de vacheries inévitables en affichant une obsession des femmes, ne jamais me contenter d'aucune, les collectionner, les caresser, les exploiter, leur casser la gueule si elles ne voulaient pas filer doux, tularamènespasvu ? Ah, j'en avais envie, des copains d'enfance l'ont fait, et c'était cohérent avec l'univers urbain où nous avions grandi. Ou refuser les abîmes obscurs de la féminité et glisser vers les corps masculins avec l'excuse de les humilier, ou juste parce qu'on prend plus commodément ses aises en présence d'actions et de réactions familières, ou parce que les pulsions sont confuses, que la chair hésite, alors passer sans solution de continuité des garçons aux filles, des filles aux garçons, affaire de trous dans les deux cas, en voilà des distinctions inutiles. Que d'efforts j'avais faits pendant ces années pour échapper aux nombreuses trajectoires de grande violence qu'offrait mon milieu, toutes déjà inscrites dans les obscénités dialectales que j'entendais depuis l'enfance : vatfairefoutre, jtbaisetagueule, jtenculmec. C'était comme si dans mon corps étaient entreposés différents types humains, certains violents, d'autres misérables. Plusieurs, par exemple, respectaient la règle de ne pas se mêler des affaires des autres. Quand ils prenaient le dessus, une moue désinvolte me venait aux lèvres, j'affichais un consentement narquois. Pour ça aussi, j'avais des dispositions : me taire pour ne pas heurter, ne pas irriter, parler uniquement pour acquiescer, exprimer de la sympathie ou complimenter, être l'ami de tout le monde, d'absolument tout le monde, c'est-à-dire de personne, apparaître ainsi inoffensif et donc fréquentable et, en attendant, accumuler du mépris pour tout un chacun et nuire en cachette. J'étais une foule de variations. Et puis voilà, par hasard j'avais touché aux crayons, à la peinture, par pur hasard, et j'en avais tiré un plaisir surprenant. Ça avait été le début d'un long combat pour affaiblir tous mes autres esprits et les repousser aux frontières de mon sang. Je ne les avais plus laissés boire, et il en avait fallu de la détermination pour résister au bien-fondé de leurs murmures dépréciateurs : pourkiysprendscon, çaveutpéterplushautksoncul, tèplusmalinknousptêtre, tèkuntrouduc, tèkunepauvmerd. Il aurait suffi d'une légère incertitude, un échec à l'école, peut-être même une remarque méchante sur mes premières réalisations artistiques, une raillerie touchant en plein cœur, et j'aurais capitulé. Par la faille se seraient engouffrés le manque de confiance en moi, le désespoir, le malheur, qui auraient écrasé le petit homme que je voulais devenir, à savoir un garçon au langage choisi, ayant des sentiments délicats et le sens des responsabilités, optant pour la saine défense du bien, une sexualité dans la norme, une vie absorbée par une seule et unique passion : produire sans interruption des œuvres, grandes, moyennes, petites, rien ne m'intéressait davantage. Mais j'avais gagné, j'avais colmaté une à une les fissures au prix d'affres permanentes. Je m'étais incarné, le reste n'était que fantômes. Et les voilà qui avaient envahi le vaste séjour de l'appartement de mon adolescence, aujourd'hui transformé en maison de Betta, Saverio et Mario. Ils s'étaient réunis ici avec leur dialecte, leurs manières et leurs désirs inconvenants, leur méchanceté prête à exploser à la première amorce de conflit. Ils ne me pardonnaient pas d'avoir choisi la plus impossible des variations et de l'avoir défendue contre eux sans céder d'un millimètre. Je les avais chassés, mais jamais complètement. Seule la mort les mettrait en déroute pour de bon en effaçant *mon* corps auquel ils aspiraient depuis toujours et qui, de gré ou de force, les maintenait en vie. Ils avaient beau être faibles, ils ne renonçaient jamais à réapparaître, en particulier le garçon au couteau que toutefois je repoussais d'un geste de la main, yeux fermés, en personne civilisée. Ce geste était le fruit d'une discipline et d'un entraînement acharnés. J'avais appris à estomper tout sentiment, réduire à zéro ma réactivité, ne ressentir ni amour ni douleur, donner pour compréhension ce qui n'était qu'absence de toute affectivité charnelle, palpitante. Quand j'avais fouillé dans les carnets d'Ada, elle était morte depuis des années. Elle écrivait que c'était ma faute, qu'elle avait pris la voie de la trahison conjugale pour se prouver à elle-même qu'elle existait en dehors de moi. Longtemps j'ai rêvé qu'elle était encore en vie et que je l'égorgeais. Mais chaque fois j'opposais à ce rêve un geste de refus policé et je finis par avoir le dessus, il me sembla comprendre ses raisons, j'arrêtai de rêver et me mis à aimer son ombre comme je l'avais aimée vivante. Je pourrais peut-être illustrer James – pensai-je – avec ces fantômes. Et maintenant je vais aller voir ce que fait le petit, putaindsalchiard.

Quand, dans un sursaut de volonté, je revins à la réalité concrète du séjour, la lumière de l'après-midi déclinait. J'étais sur le point de me lever de ma chaise, quand on sonna vigoureusement. J'avais une jambe ankylosée et une désagréable sensation de fourmillement, c'était à peine si je sentais le contact de ma semelle sur le sol. Nouveau coup de sonnette encore plus décidé que le premier. Je criai :

« Mario, tu es capable d'aller ouvrir la porte ? Mariooo, s'il te plaît. »

Pour toute réponse, il y eut un troisième long coup de sonnette furieux. Je traversai le séjour et l'entrée en boitillant, ouvris la porte, me retrouvai nez à nez avec une femme massive, aux cheveux teints tirant sur le noir de jais et aux yeux petits dans un visage large. Elle était nerveuse, très pâle. Elle avait laissé la porte de l'ascenseur ouverte et tenait inexplicablement Mario par la main.

J'eus un long moment de désarroi. Que faisait l'enfant hors de l'appartement, sur le palier, avec cette étrangère ? Elle aussi sembla désorientée, elle ne s'attendait pas à voir la porte s'ouvrir sur un vieil homme inconnu, hirsute, un pan de chemise sorti du pantalon. Il y eut un dialogue de sourds : moi qui m'adressais à Mario d'une voix grondeuse pour savoir pourquoi il était sorti ; la femme qui s'adressait à moi sur un ton agressif pour savoir si madame Cajuri, c'est-à-dire Betta, était là ; moi qui lui répondais elle n'est pas là mais vous qui êtes-vous ; la femme qui haussait la voix, disait vous plutôt qui êtes-vous ; moi qui répondais un peu bêtement je suis le grand-père de cet enfant, le père de madame Cajuri ; et ainsi de suite jusqu'au moment où la situation s'éclaircit et rentra dans le scénario napolitain en matière d'enfants.

« C'est vous qui m'avez envoyé le gosse avec ses jouets ?

– Non.

– Alors c'est qui ?

– Il s'est débrouillé tout seul.

– Tout seul ? Et vous ne vous êtes pas aperçu qu'il a ouvert la porte, qu'il a descendu cinq étages et qu'il est venu frapper chez moi ?

– Non.

– Ah non ? Vous faites comme votre fille ? Quand elle est prise par son travail de professeur, elle dit à son fils : tiens, emporte donc tes jouets chez le petit garçon du premier et jouez ensemble ; mais, après, elle me fait une tête comme une citrouille parce que le petit monsieur a appris des gros mots.

– Madame, je vous assure que je ne vous aurais jamais envoyé cet enfant : j'ai été distrait, je vous prie de m'excuser.

– Distrait ou pas, si le gamin tombait dans l'escalier et se fendait le crâne, votre fille serait tout à fait capable de tenir mon fils pour responsable.

– Je regrette, cela ne se reproduira plus.

– Et il ne doit pas se reproduire non plus que votre bonne jette l'eau sale par le balcon sur mon linge étendu, comme elle le fait à tout bout de champ.

– Je le signalerai à Betta, elle fera ce qu'il faut.

– Merci. Et signalez-lui aussi qu'elle ne doit pas se permettre de dire que mon fils vole les jouets. Si mon fils vole les jouets, il vaut mieux que chacun garde ses enfants et ses jouets chez soi. Parce que c'est trop facile, cette histoire que madame est professeur et moi la baby-sitter gratuite. J'ai quatre enfants, une maison sur les bras et pas de temps à perdre. D'ailleurs, vous savez quoi ? Si votre gamin continue à envoyer son seau, je coupe la corde et je jette le seau.

– Vous ferez bien. Mais où sont les jouets que Mario a descendus ?

– Vous voulez dire, vous aussi, que mon fils les a volés ?

– Mais non, personne ne parle de voler, ce sont des enfants : c'était juste pour savoir.

– D'accord, si c'était pour savoir, voilà ce qu'on va faire : quand mon mari rentrera, je l'enverrai vous les rendre, les jouets, comme ça vous lui direz en face que notre fils est un voleur. Va, Mario, va retrouver ton grand-père : vous êtes tous de sales cons, de la première à la dernière génération, bonsoir. »

Elle poussa sans ménagement l'enfant dans mes jambes, rentra dans l'ascenseur en claquant la porte métallique derrière elle et disparut dans un soubresaut de la cabine.

J'attirai Mario à l'intérieur, fermai la porte. Il réclama d'un ton hostile :

« Je veux mes jouets, j'en ai besoin. »

Je me penchai et le pris par les bras :

« Comment t'es-tu permis de sortir ? Si je te dis que tu dois rester dans ta chambre, tu restes dans ta chambre. À partir de maintenant – à partir de maintenant, Mario, regarde-moi –, ou tu fais ce que je te dis, ou je t'enferme à clé dans le débarras. »

L'enfant ne baissa pas le regard, il se débattit, lança des coups de pied :

« Oui, ben, méfie-toi, c'est moi qui vais t'enfermer dans le débarras. »

Il proféra cette déclaration menaçante dans un effort qui l'épuisa, la seconde suivante il éclata en larmes.

Je regrettai de l'avoir fait pleurer, je me hâtai de faire machine arrière. Je tentai de le consoler en disant : ça suffit maintenant, je vais pleurer moi aussi. Je proposai : chiche que je m'enferme tout seul dans le débarras. Rien n'y fit. Il pleura d'abord pour de bon, puis par une sorte de prolongation machinale des larmes, ça dura une vingtaine de minutes où il reniflait et me repoussait quand j'essayais de le moucher. De temps en temps, il répétait entre deux sanglots : je le dirai à papa quand il reviendra.

5.

Alors que je lui avais permis d'allumer le gaz pour réchauffer le dîner préparé par Salli et que je lui avais laissé le couteau aiguisé qu'il s'était attribué d'autorité en mettant la table, nos relations ne s'améliorèrent pas.

« Tu gardes le couteau, mais c'est moi qui coupe ta viande.

– Non, je sais faire.

– Je pense bien que tu sais faire, mais quand grand-père est là, c'est lui qui coupe ta viande.

– Tu n'es pas mon grand-père.

– Non ? Alors qui est mon petit-fils ?

– Personne. »

Si Mario n'avait pas envie de se réconcilier avec moi, j'avais encore moins envie de me réconcilier avec lui, puisque mieux nous nous entendions, moins il me laissait tranquille. Mais j'étais inquiet, parce que l'heure du coup de fil de Betta approchait et que je ne voulais pas que l'enfant l'alarme, elle avait déjà assez de problèmes avec la jalousie inquisitrice de son mari. Ainsi, pendant que nous lavions la vaisselle du déjeuner et du dîner – malgré sa bouderie, il se considérait toujours comme mon assistant et me fournissait tout ce dont j'avais besoin, produit, éponge, torchon, s'empressant comme si c'était une question de vie ou de mort –, je l'aspergeai d'un peu d'eau en prévenant à chaque giclée : on dirait qu'on jouerait. Il garda une attitude d'assistant hostile, tête baissée et gestes de refus énergiques.

« On-dirait-qu'on-jouerait.

– Arrête, grand-père.

– On-dirait-qu'on-jouerait.

– Allez, arrête.

– On-dirait-qu'on-jouerait. »

Puis il fit semblant de pleurnicher, mais en réprimant un sourire.

« Tu m'as envoyé de la mousse dans les yeux.

– Montre.

– Ça pique.

– Tu penses, tu n'as rien du tout. »

Il me guetta du coin de l'œil pour vérifier si je jouais vraiment et, quand il en fut sûr, il essaya à son tour de m'asperger en avertissant : on-dirait-qu'on-jouerait. Ainsi, avec tous ces on jouerait – d'ailleurs, à force de jouer, il perdit l'équilibre et faillit tomber de la chaise où il s'était juché pour m'aider, heureusement que je pus le rattraper à temps –, la tension entre nous sembla diminuer. On alla dans le séjour s'offrir une pause télévision.

« On regarde quoi, grand-père ?

– À nous de décider.

– On peut regarder un dessin animal.

– Dessin animé. »

Il ne voulait pas admettre qu'on ne disait pas *dessin animal*. Il m'énuméra les oies, canards, lapins, souris, musaraignes, tout un docte catalogue des bêtes qu'on y rencontrait, preuve qu'il s'agissait bien de dessin animal. Et, à la suite, il m'entraîna dans une discussion sur le sens des mots *animal*, *animer* et *dessins animés*. Je dis : ce sont des dessins qui bougent, qui parlent, qui ont une âme. Il voulut savoir ce qu'était l'âme. Un souffle, répondis-je, qui nous permet de bouger, courir, parler, dessiner, nous amuser à on-dirait-qu'on-jouerait. Il s'entêta, soutenant que c'était exactement le cas d'un dessin animal. Puis, peu à peu, il sembla en prendre son parti et me demanda :

« Les dessins animés, ils ont un souffle ?

– Non, c'est le dessinateur qui le leur donne.

– Tes dessins à toi, ils ne bougent pas.
– Normal, ce ne sont pas des dessins animés.
– Et pourquoi tu n'en fais pas ?
– Si ça se présente, j'en ferai.
– On n'en demande peut-être pas aux gens très vieux, parce que ça doit plaire aux enfants.
– Moi, on m'en demanderait.
– On t'en demanderait parce que tu es célèbre ?
– Tu sais ce que ça veut dire, célèbre ?
– Maman me l'a expliqué : tu es connu par des gens que tu ne connais pas.
– Oui, c'est bien ça.
– Je l'ai dit à la maîtresse, que tu es célèbre.
– Et alors ?
– Elle m'a demandé comment tu t'appelles.
– Tu le savais ?
– J'ai demandé à maman, et puis je lui ai dit.
– Voyons un peu si tu as dit juste : c'est comment, le nom de grand-père ?
– Daniele Mallarico.
– Bravo. Et que t'a répondu la maîtresse ?
– Qu'elle n'a jamais entendu parler de toi. »

Je compris qu'il avait été déçu et je lui expliquai qu'il existait différents degrés de célébrité, le mien n'était pas suffisant pour la maîtresse. Tout en parlant, je m'aperçus que j'étais quand même un peu déçu moi aussi et, pour éviter que notre déception commune ne tourne à la mauvaise humeur, je relançai l'idée de la télévision. Encore fallait-il mettre la main sur la télécommande : après la lui avoir confisquée, j'avais oublié où je l'avais posée.

Énervé, je fis le tour de la maison, l'enfant sur mes talons. J'allumais dans chaque pièce, m'efforçais d'inspecter les tables, les bureaux, les étagères sans me laisser distraire – opération toujours compliquée pour moi : chaque fois que je cherche un objet, je finis par penser à autre chose – et quand, l'exploration finie, je sortais de la pièce, il éteignait diligemment derrière moi. Nous fîmes deux ou trois fois le tour et naturellement ce n'est pas moi qui trouvai la télécommande, mais lui : elle était dans le séjour, sous un de mes albums. Il s'en empara avec enthousiasme, il me fut impossible de la récupérer. C'est moi qui l'ai trouvée, dit-il, c'est moi qui allume la télé. Je répondis : mais tu allumes, c'est tout. Non – et ce fut presque un cri –, je change aussi de chaîne. Et déjà il pinçait les lèvres, déjà il affichait un regard hostile. J'allais la lui prendre des mains et décréter : ça suffit, ou tu obéis ou tu vas te coucher, quand le téléphone sonna. Je cédai aussitôt : d'accord, garde-la. Et, suivi par l'enfant qui tripotait la télécommande, j'allai dans la cuisine où se trouvait le socle du téléphone sans fil.

C'était Betta, qu'on sentait pressée. On entendait derrière elle une rumeur insistante, des bruits apparemment de fourchettes. Quelqu'un l'appela, à qui elle répondit d'une voix pleine d'un entrain forcé : j'arrive tout de suite. Puis elle s'adressa à moi :

« Pourquoi tu ne réponds pas sur ton portable ?

– Il est en silencieux.

– Tout va bien ?
– Oui, très bien.
– Mario a mangé ?
– Plus que moi. Et toi, comment ça se passe ?
– Bien.
– Ton intervention ?
– Bien.
– Avec Saverio ?
– Il ne me lâche pas, il vient de me faire une scène.
– Envoielechier.
– Mais comment tu parles, papa ?
– Excuse-moi.
– Le petit t'a entendu ?
– Non, il est trop occupé à démonter la télécommande.
– Passe-le-moi pour un petit bonsoir.
– Mario, tu veux parler à ta maman ? »

J'espérais que Mario refuserait, mais il abandonna par terre les piles de la télécommande et courut au téléphone. J'entendis des non, oui, reviens vite, je t'aime. Mais, au moment même où le coup de fil semblait terminé, il ajouta : j'ai pleuré. Sa mère dut lui faire une réponse très circonstanciée, parce qu'il écouta sans répliquer. À la fin, il murmura : bonne nuit, maman, et il embrassa le téléphone une dizaine de fois en répétant en conclusion de ses baisers : bonne nuit, je t'aime tout fort, j'aime aussi papa.

Il me tendit le téléphone. Je grommelai :

« Tu n'avais pas besoin de dire que tu avais pleuré.

– J'ai juste dit ça.

– Juste ça ? Parce qu'il y avait quoi d'autre à dire ?

– Comme si tu le savais pas.

– Mais encore ?

– Tu m'as fait mal aux bras.

– Tu parles, j'ai serré un peu.

– Tu as serré beaucoup. On va regarder la télé ?

– Ta mère ne veut pas.

– On lui dira pas.

– En attendant, tu lui as dit que tu avais pleuré.

– Pardon. La télé, je lui dirai pas.

– Si tu ne sais pas remettre les piles dans la télécommande, ne compte pas sur moi, je n'y connais rien. »

Il introduisit habilement les piles, courut allumer le poste dans le séjour et s'installa dans ce qu'il appela son fauteuil, en réalité un vieux fauteuil très confortable qui venait de ma mère. Je m'assis sur le canapé qui, lui, était inconfortable. La soirée ne partait pas sur de bonnes bases, on se disputa longuement – et avec une rage croissante – non pas une, mais trois télécommandes. Il savait composer avec précision les numéros des chaînes qui transmettaient des dessins animés en continu, savait mettre les DVD, était d'une habileté qui m'exaspéra. Et puis il ne respectait aucun pacte. Je finis par lui dire : tu vas regarder des dessins animés pendant cinq minutes, et après grand-père regardera ce qui l'intéresse. Il accepta, quitte à ce que je découvre vite que pour lui « cinq minutes » signifiait *toujours*, si bien que je me résignai à somnoler devant les dessins animés. Mais tout à coup je me souvins que, ce soir-là, un ami était invité dans une émission pour présenter son livre où il avait fait mettre en couverture un tableau de moi. Alors, sans risquer une discussion stérile, j'enlevai à l'enfant toutes les télécommandes, me contentant d'annoncer : fin des cinq minutes et, si tu protestes, j'éteins. Il ne protesta pas et se pelotonna dans son fauteuil en me regardant de travers. J'ignorai sa mauvaise humeur, passai en revue plusieurs chaînes à la recherche de l'émission où était reçu mon ami. Je captai enfin la bonne, mon ami était là, je l'entrevis quelques secondes parmi les autres invités. Comme Mario fixait l'écran sans un mot, dès que la caméra revint sur mon ami, je m'écriai :

« Je veux juste écouter ce que va dire ce monsieur et puis je te laisserai regarder encore des dessins animés, ça va ? »

Silence.

Je m'installai mieux sur le divan, abandonnai la télécommande à côté de moi. Voilà que le présentateur parlait du livre, la couverture apparut. Je dis :

« Tu vois ? C'est moi qui l'ai fait. »

Il murmura :

« Le livre ?

– Le tableau reproduit en couverture. Demain, tu pourras le dire à ta maîtresse. »

Il éleva brusquement la voix :

« Je ne l'aime pas.

– Tu n'aimes rien, Mario.

– Il n'y a que le jaune de beau. »

Le jaune ? Je ne me souvenais pas d'avoir donné un relief particulier à un jaune quelconque, je ne me souvenais même pas d'en avoir employé, et par ailleurs je n'eus pas le temps de regarder : la couverture disparut, le présentateur passa la parole à mon ami.

« Chut, dis-je à l'enfant qui voulait ajouter quelque chose, écoute maintenant. »

Mon ami se mit à parler, mais comme d'habitude Mario brava aussitôt mon interdiction, quitta le fauteuil, grimpa sur le canapé, dit je ne sais quoi. Je ne lui répondis même pas, ou du moins je crois, je voulais entendre si mon ami citait mon nom. Plus jeune que moi d'une trentaine d'années, excellent dans son domaine, il se montrait sûr de son travail, en parlait comme s'il n'y avait rien de plus important au monde. Pour ma part, je n'avais jamais été capable de me faire valoir. J'avais travaillé dur toute ma vie, mais une pudeur m'avait toujours empêché d'attribuer moi-même du poids à ce que je réalisais, j'espérais toujours que cela viendrait des autres. Mon ami en revanche démontrait que son ouvrage avait modifié tout un courant scientifique et il se mettait en avant sans embarras, de façon convaincante, si bien que le présentateur acquiesçait et que les autres invités écoutaient avec intérêt. J'aurais aimé que la caméra cadre à nouveau la couverture, j'espérais être cité, que Mario entende mon nom, Daniele Mallarico, et s'écrie : ils ont parlé de toi. Au lieu de ça apparut un dessin animé aux couleurs flashy, peuplé d'animaux champions de kung-fu.

Je me tournai brusquement et explosai :

« Qui t'a permis de prendre la télécommande, qui t'a dit de changer ? »

Mario répondit, apeuré :

« Je t'ai demandé, grand-père, et tu as dit oui. »

Je tendis un bras rageur, il me restitua la télécommande sur-le-champ. En ronchonnant, j'essayai de revenir sur mon ami, mais je ne me souvenais pas de la chaîne.

« Il faut mettre le numéro, dit l'enfant inquiet.

– Tais-toi. »

Je zappai d'une chaîne à l'autre, retrouvai la bonne, mais mon ami n'y était plus. Je jetai la télécommande sur le canapé, ordonnai avec un calme apparent :

« Maintenant, tu files te coucher. »

Mais je ne fis rien pour que mon injonction soit suivie d'effet. Je quittai la pièce, traversai l'appartement, allumai les lumières, m'entendis murmurer en dialecte des phrases sans queue ni tête. Désormais, j'étais non seulement faible jusqu'à l'inconsistance, mais malheureux comme si tous les malheurs de ma vie s'étaient donné rendez-vous dans cette maison et à cet instant. J'allai dans la chambre de l'enfant où se trouvaient mes affaires, trébuchai dans les siennes éparpillées par terre, des jouets encore et toujours, en dégageai quelques-uns à coups de pied. Je cherchai mes cigarettes, mais je me rendis compte que Betta aurait râlé si elle avait trouvé une odeur de tabac à son retour et j'allai fumer sur le balcon.

Le bruit de la circulation arriva aussitôt, en même temps que l'air glacial. Je risquai un ou deux pas prudents à l'extérieur et aspirai la fumée, qui me fit tousser. C'était une nuit sans étoiles, alors que la journée avait été limpide, et le grondement des voitures, de la gare, des haut-parleurs, des trains semblait être pure lumière, un festival de phares, lampadaires, vitrines éclairées, un bruit rougeblancjaunenoir. Malgré le froid, je tirai sur ma cigarette jusqu'au filtre. J'éteignis le mégot sur la rambarde, le catapultai en bas, rentrai.

L'appartement résonnait encore des voix de l'émission, Mario n'avait pas remis ses dessins animés. En rentrant dans le séjour, je le découvris endormi sur le canapé. Son sommeil était profond, j'effleurai son front de mes lèvres, il était perlé de sueur.

6.

Tandis que je portais dans mes bras le corps abandonné de l'enfant à travers le couloir éteint, j'éprouvais une insatisfaction affligeante. Je le couchai tout habillé, sans allumer, je me contentai de le déchausser. En m'éloignant, j'eus l'impression qu'il m'avait volé toute ma chaleur.

Je retraversai en hâte l'appartement plongé dans l'obscurité – je devais apprendre à me mouvoir au milieu de fantômes –, me guidant à la lueur du séjour, où la lumière était restée allumée et où la télévision continuait à jacasser. Je m'assis dans le fauteuil occupé précédemment par Mario, essayai de me concentrer sur le poste, mais, fourbu et refroidi, je n'avais envie de rien, j'éteignis. Je m'assurai que les radiateurs du séjour étaient toujours allumés et faillis me brûler en les effleurant du bout des doigts. Ce froid glacial venait peut-être des autres pièces, mais je renonçai à vérifier, j'avais encore du mal à trouver les bons interrupteurs. Mario avait tout de suite remarqué mon inaptitude, je pensai à lui avec une admiration mêlée de hargne. Oui, il était comme son père, issu d'une lignée séculaire de doctissimes docteurs, tatillon et pédant. Il n'avait rien de ma fille ou de moi, ni dans sa physiologie ni dans ses comportements. Cet enfant était composé d'un matériau étranger, ses chromosomes avaient une origine autre, ses molécules secrètes étaient bourrées d'informations obscures pour moi, peut-être hostiles depuis des millénaires. J'imaginai avec un triste sourire que même mes fantômes devaient être indisposés par cet enfant connecté à un autre moteur génétique. Ils étaient furieux contre moi parce que, en les chassant dès mon adolescence, je m'étais affaibli.

Tu as voulu devenir – disaient-ils – un petit monsieur délicat et voilà où tu en es.

Je chassai ces images, me levai du fauteuil en gémissant, m'obligeai à refaire le tour de la maison, mais cette fois en allumant partout. Quand j'étais encore adolescent, si je me déplaçais dans la pénombre ou le noir, je voyais des parents de mon père et de ma mère que j'avais connus ou seulement vus en photo. Ils étaient morts pendant la guerre, j'en étais sûr, et pourtant ils étaient là, debout dans les recoins de l'appartement, cachés derrière une porte ou une armoire. Si je les surprenais, ils me faisaient signe de me taire, m'adressaient un clin d'œil, riaient sans bruit. Puis cette époque était passée, mais il y avait à présent dans ma mémoire plus de morts que quand j'étais enfant – nombre de mes amis et connaissances étaient décédés après de vilaines maladies – et les angoisses aussi s'étaient multipliées, si bien qu'à Milan je me réveillais parfois en sursaut, convaincu de me retrouver nez à nez avec des voleurs et des assassins : je passais alors de pièce en pièce, incapable de me rendormir, et sursautais si une lumière projetant sur le mur le feuillage agité des arbres dans la cour me faisait croire à une présence agressive. Pourquoi ces affres – me disais-je –, je devrais céder plutôt à la mélancolie qu'à l'anxiété : j'ai désormais vécu la plus grande partie de ma vie et approche moi-même de la mort, ce sera au tour de Mario de me découvrir derrière une porte de meuble ou dans les recoins sombres de cette maison. Que d'ombres le cerveau était capable de passer en boucle dans son circuit d'émotions ! L'enfant n'avait pas peur du noir, mais, après ces journées de vie commune, il redouterait peut-être mes apparitions.

J'avais sommeil et il ne me restait pas la moindre énergie pour travailler. Je m'assurai que j'étais le seul fantôme en circulation dans l'appartement et qu'il n'y avait pas non plus de voleurs acculés par la misère ni de killers de la camorra. Je fermai le gaz, donnai un double tour au verrou. Je me promis de le laisser toute la journée du lendemain : le bouton est très haut et, même en montant sur une chaise, Mario ne pourrait pas l'atteindre avec ses mains d'enfant *faber* pour l'ouvrir et s'en aller chez son pseudo-copain du premier étage. Je refis le trajet à l'envers, éteignant au fur et à mesure derrière moi. En retrouvant enfin mon lit après avoir évité de me prendre les pieds dans les jouets, je me dis que je pouvais être tranquille, tous les fantômes habitaient la vieille maison de mon adolescence. Celle-ci – je m'en apercevais à présent dans mon demi-sommeil – entourait comme un vaste cadre celle que nous occupions, Mario et moi. Je les voyais et les dessinerais bientôt, mais dans un endroit où je serais en sécurité, où l'ancien appartement et celui d'aujourd'hui ne pourraient pas déborder l'un sur l'autre. Quand j'allumais ici, là-bas les fantômes sombraient dans la nuit ; et quand, comme maintenant, j'éteignais aussi la dernière lumière de la maison et que je remontais les couvertures au-dessus de ma tête, les pièces d'autrefois s'éclairaient soudain et leurs habitants sans exception – pétris de tout ce que j'avais rejeté de moi – s'offraient à moi comme une matière inerte qui, selon les vieilles élucubrations de la vieille science, se métamorphoserait vite en limon vivant et insatiable.

7.

Le deuxième jour fut le plus rude. À cinq heures, j'étais déjà debout. Je jetai un coup d'œil à Mario qui, ayant dormi tout habillé comme je l'avais laissé et, en plus, sous les couvertures, avait beaucoup transpiré. Le chauffage ne s'étant pas encore déclenché, j'eus peur qu'il ne prenne froid si je le découvrais et me bornai à dégager ses pieds encore en chaussettes et ses épaules protégées par un pull. Cc soir – me promis-je –, je dois me souvenir de l'obliger à se mettre en pyjama avant de regarder la télévision. Puis j'allai dans le séjour et travaillai de façon satisfaisante sur l'image de la double maison, celle du présent et celle du passé, l'une contenue dans l'autre. Somme toute, il me sembla utile de m'être affranchi de la nouvelle de James pour miser sur des planches s'inspirant de l'appartement de mon adolescence et de mes propres fantômes. Que sais-je du New York fin XIXe siècle ? me dis-je, je vais me servir de Naples et inventer entre la maison passée et la maison actuelle un sas transparent où je placerai des gamins, une ribambelle de gamins tous reliés comme une longue chaîne de frères siamois qui ont grandi dans la misère, sans qualités, des gamins qui ne cachent pas leurs visages dans l'ombre ou derrière leurs mains, ils n'en ont pas besoin, ils sont par eux-mêmes des corps inachevés qui peinent sans bouche ni yeux, brandissent leurs moignons, se déchirent par besoin urgent de s'allonger, grandir, se définir.

Je pris cette voie et me risquai à choisir pour mes esquisses beaucoup de couleurs hors sujet, des tonalités stridentes. Je repensai à Mario : rien de ce que je faisais ne l'avait enthousiasmé, dès le début. Il avait fait la grimace devant mes illustrations des contes et jugé que mon tableau montré à la télévision n'était pas beau. Mais il avait quatre ans, j'étais sûr qu'il répétait les avis de Saverio et peut-être de Betta aussi. Seule son appréciation du jaune était personnelle et elle m'avait semblé authentique, un élan sincère. Soudain je l'entendis se déplacer dans la maison, d'abord dans la salle de bains, puis à la cuisine. Je donnai une dernière touche, puis une autre encore : je finis par aller voir ce qu'il fabriquait.

Je le surpris à la cuisine, debout sur une chaise. Il avait allumé le gaz, mis sur le feu l'eau pour mon thé et son lait. Je ne voulus pas commencer la journée par des réprimandes et lui demandai :

« Tu as bien dormi ?

– Oui, et toi ?

– Moi aussi.

– C'est pratique de dormir tout habillé, comme ça je suis déjà prêt.

– Il faut te laver et mettre des vêtements propres.

– Tu t'es déjà lavé, toi ?

– Non.

– Tu as fait pipi ?

– Oui, et toi ?

– Oui.

– Éteins le gaz. »

Il éteignit, proposa prudemment :

« Je peux ne pas me laver aujourd'hui ? »

Je versai le lait dans sa tasse et mis le sachet dans la théière.

« D'accord.

– Je me laverai quand maman reviendra.

– D'accord.

– Et je dormirai toujours habillé.

– Ça, non. »

Il s'assombrit, mais refit rapidement bonne figure, et le reste du petit déjeuner se passa sans anicroche. Il fut difficile en revanche de lui faire accepter que j'avais besoin de m'enfermer dans la salle de bains pour mes ablutions.

« C'est quoi, les ablutions ?

– La douche.

– Et qu'est-ce que je vais faire pendant que tu seras dans la salle de bains ?

– Ce que tu veux. »

Il réfléchit, sembla partagé.

« Je peux prendre une douche, moi aussi ? »

Je l'envoyai choisir du linge propre et le collai sous le jet d'eau, tandis que, jamais à court de prescriptions, il me rappelait : si on se baigne après manger, on meurt. Mais, comme je ne me souciais guère de lui sauver la vie, il se mit à sautiller, danser, cracher de l'eau, crier : elle est bouillante. Puis je le séchai, le rhabillai et le poussai dehors en disant : à moi, maintenant. Je peux rester ? demanda-t-il. Je lui répondis que non et, pendant plusieurs minutes, je l'entendis sauter et chantonner dans le couloir. Puis, soudain, il s'acharna sur la poignée, bourra la porte de coups de pied, cria : grand-père, je te vois par la serrure ; ou encore : laisse-moi entrer, j'ai envie de faire pipi, j'ai envie de faire caca. Je lui criai : arrête et tais-toi, il s'exécuta aussitôt. Je m'essuyai en vitesse, me rhabillai et ouvris la porte.

« J'ai arrêté et je me suis tu, dit-il.

– Il était temps.

– C'est quand que j'aurai un zizi comme le tien ?

– Tu as vraiment regardé par le trou de la serrure ?

– Oui.

– Tu auras un zizi beaucoup mieux que le mien.

– Quand ?

– Bientôt. »

Il y eut un coup de sonnette énergique, on se regarda, hésitants. Il n'était pas encore huit heures. Il me conseilla :

« Mets le grand couteau pour la viande sur le meuble de l'entrée.

– Pourquoi ? Ton papa prend un couteau chaque fois qu'on sonne à la porte ?

– Non, c'est maman qui le prend quand papa n'est pas là.

– Nous les hommes, on est forts et on n'a pas besoin de couteau.

– J'ai peur.

– Il n'y a pas de raison d'avoir peur. »

J'allai ouvrir. Devant moi se dressait un homme d'une cinquantaine d'années, très maigre, de taille moyenne, au visage marqué et au cheveu rare. Je vis qu'il tenait des jouets – un camion rouge, une épée en plastique – et en déduisis que ce devait être le père du gamin du premier étage. Je pris une expression cordiale :

« Merci, vous n'auriez pas dû vous déranger, il n'y avait aucune urgencc. »

Il fit profil bas, déclarant d'une voix plaintive :

« Ma femme me harcelait avec ça.

– Les femmes sont ainsi.

– Mais madame Cajuri aussi exagère.

– Qu'a-t-elle fait ?

– Elle ne comprend pas que mon fils a six ans et, comme il n'a pas autant de jouets que Mario, parfois il les cache pour jouer un peu tout seul.

– Laissez-le donc faire, Mario les lui prête volontiers. Pas vrai, Mario ? »

L'enfant agrippé à ma jambe acquiesça de façon trop vive. L'homme poursuivit :

« Je sais que Mario les lui prête, mais ça, madame Cajuri ne le comprend pas. Alors, ayez la gentillesse de l'informer que son fils ne doit plus envoyer le seau avec ses jouets ni venir chez nous. On ne chaparde pas, dans notre famille. Les voleurs, ils sont à chercher parmi ceux qui dépensent autant d'argent en jouets.

– Là, c'est vous qui exagérez : ma fille travaille, ce n'est pas une voleuse.

– Moi aussi, je travaille. Mais votre fille dit que nous sommes des voleurs, et ça ne se fait pas. Au revoir Mario, je suis désolé, toi on t'aime bien. »

Il lui tendit les jouets, l'enfant les prit, mais le camion lui échappa des mains. Je proposai :

« Entrez, je vous offre un café.

– Considérez que j'ai accepté. Au revoir. »

Il s'en alla sans attendre l'ascenseur, par l'escalier. À l'évidence, il s'était acquitté d'une tâche qu'il n'avait pas choisie et l'avait fait à contrecœur. Il me sembla que c'était un brave homme, je lui aurais volontiers parlé de la ville telle qu'elle était dans mon enfance, de ma jeunesse avant que je quitte Naples, de comment tout autrefois – le bien et le mal – semblait refléter le milieu où vous étiez né et comment aujourd'hui chaque chose au contraire – le bien et le mal – semble écrite dans les profondeurs de votre chair. Même si je devais travailler et qu'il était huit heures du matin, je sentais le besoin d'une conversation à bâtons rompus avec un adulte, j'en avais ma claque de ce tête-à-tête exclusif avec l'enfant. Mario lui cria après avoir ramassé son camion :

« Je vais les envoyer à Attilio dans le seau.

– Tu ne vas rien envoyer du tout, dis-je. Emporte tes affaires dans ta chambre : aujourd'hui, je ne veux pas être dérangé. »

8.

J'ignore combien de temps il me fallut pour agencer croquis et esquisses des jours passés de façon à obtenir dix planches composant une version qui tienne la route. Certes, j'avais travaillé dur et comme si j'avais vraiment eu sous les yeux l'ancien appartement dans tous ses détails, ainsi que ses habitants effrayés ou agressifs, un enchevêtrement de corps jeunes déformés par la pression contre la paroi transparente qui séparait mon moi d'aujourd'hui de tout ce que j'aurais pu être. Ces créatures rampaient, sautaient, se contorsionnaient, s'empoignaient, se déchiraient, et, pour les définir, j'avais mobilisé au fil des planches toute mon expérience. Mais je ne m'étais jamais abandonné complètement, craignant d'oublier Mario qui jouait au bout du couloir et surtout craignant de m'oublier moi-même. Ainsi, le plaisir n'avait jamais pris le pas sur la fatigue. J'avais simplement recouru à toute l'habileté et à toute la diligence dont j'étais capable et, quand j'arrêtai, je m'aperçus que je n'avais trimé dur que pour pouvoir me dire : voilà, globalement j'ai sorti les planches, et à mon idée. Mais j'excluais qu'elles puissent plaire à l'éditeur.

J'étais fatigué, je fixai le grand tableau devant moi. Quand l'avais-je fait ? Voici plus de vingt ans. À cette époque, mon travail était bien reçu et tout m'était facile comme si le succès me fortifiait en me chargeant d'énergies nouvelles, ce qui élargissait encore mon audience. L'œuvre en face de moi appartenait à cette période heureuse : deux mètres de large sur un mètre de haut, rien que du rouge et du bleu, des taches de couleur très pures étalées sur le bois, où j'avais inséré, en lui creusant une niche, une sonnaille en métal. Je quittai la table pour aller me poster dans un angle de la pièce. Je ne m'étais pas soucié de relever les stores, j'avais toujours aimé travailler à la lumière électrique, et elle tombait du lustre comme il fallait, faisait scintiller le bord de la cloche, créait un arc brillant qui partait du rouge pour finir dans le bleu.

Un instant, tout me parut bien pensé. Mais bientôt cette autosatisfaction me sembla due à la mélancolie. Était-ce une œuvre mémorable ou seulement le témoignage d'une époque où mon corps s'était senti énergique, dans un état de plénitude ? Je remarquai une foule de défauts. Je me persuadai peu à peu que non seulement j'avais vieilli, mais cette œuvre aussi. Mon tableau m'apparut alors comme un moche bout de bois barbouillé : qu'était cette poudre dorée que j'avais répandue sur les bords telle une auréole rectangulaire, quel sens cela avait-il de creuser dans la surface peinte un petit coin pour un objet réel ? Les modes s'usent, pensai-je chagriné, laissant derrière elles les traces futiles de ceux qui les ont suivies. Je quittai l'angle de la pièce, remontai les stores. Une lumière blafarde pénétra dans la pièce, le ciel était à nouveau couvert. Je revins au tableau. Sans la lumière artificielle, tout sembla pire encore : à présent le rouge avait un aspect de tissu nécrosé, le bleu était une flaque infecte. C'était laid, insignifiant, cette croûte, comme toutes mes œuvres même si elles m'avaient plu, même si elles avaient connu un petit succès. J'aurais peut-être dû inclure en premier lieu parmi mes fantômes les ombres des tableaux que j'avais cru faire, mais que, en réalité, si j'y pense maintenant avec le recul, je n'avais pas faits. Il existait en moi un noyau authentique, qui aurait voulu éclater et répandre dans le monde des formes jamais vues. Mais moi – à savoir mon individualité telle que le temps l'avait définie, l'ensemble des petites leçons que j'avais apprises et des langages que j'avais assimilés –, je n'avais su produire que des œuvres du genre de cette planche avec sonnaille. Les dessins de Mario fièrement encadrés par ses parents de chaque côté de mon tableau et ailleurs dans la pièce valaient autant. Je jetai un coup d'œil à ces montagnes, prés, fleurs énormes, animaux indéchiffrables, êtres humains à grandes oreilles, tous obtenus à coups de pastel incontrôlés et comportant tous du vert et du bleu. Barbouillages d'enfant, par lesquels Betta petite était passée aussi, comme tous les enfants. Je me sentis si mécontent que j'aurais donné n'importe quoi pour recommencer à zéro, être un autre. J'ai besoin d'air, me dis-je, et j'ouvris les fenêtres, la porte de la loggia. Puis je quittai le séjour et allai aérer le reste de la maison.

J'ouvris tout grand la fenêtre de la cuisine, passai dans le bureau de Betta, puis dans la chambre de Mario : l'air confiné me donnait mal à la tête et je ne voulais pas multiplier les sources de malaise. L'enfant était resté tout le temps sagement au milieu de ses jouets. Je l'avais entendu parler à ses figurines, faire des bruits avec la bouche, crier des ordres, produire de petites voix mielleuses comme à la télévision. Quand j'entrai dans la chambre, il était assis par terre, d'une main il faisait voler un animal cornu monstrueux, tandis que l'autre serrait je ne sais quel super-héros. Quand il remarqua ma présence, il s'interrompit, me lança un regard pour s'assurer que je n'étais pas là pour lui interdire ou lui reprocher quelque chose, puis reprit son jeu comme si de rien n'était.

J'ouvris la porte du balcon en la calant avec une chaise pour éviter qu'un courant d'air la fasse claquer et surtout que je me retrouve avec Mario enfermé dehors. Je refis approximativement nos deux lits, fourrai le linge sale dans un sac. Mais à présent, c'était plus fort que moi, je n'arrivais pas à ne pas regarder, au moins à la dérobée, les innombrables dessins affichés ici aussi. Il grandira – pensai-je – en croyant être Dieu sait qui, en se considérant destiné à Dieu sait quoi. Et comment pourrait-il en être autrement si, à quatre ans, les parents ne font que l'encenser : regardez ces feuilles, toujours les mêmes bonshommes colorés, comme dans le séjour, comme dans le couloir ; Betta et Saverio ne jettent rien, persuadés que ses moindres gribouillis contiennent l'éclair auroral du génie. Je me renfrognai de plus en plus, tentai de conjurer ma mauvaise humeur en l'attribuant à mon déclin physique : rien à faire. Pourtant ce n'était pas la première fois que j'étais victime d'une perte de confiance, loin de là. Mais dans cette chambre, devant ces dessins, je sentais que quelque chose de – comment dire – plus organique me tiraillait et me secouait pour être exprimé totalement. Heureusement que Mario intervint. Il s'arrêta de jouer et me rejoignit, son superman dans une main, le monstre dans l'autre. Il me demanda en indiquant le mur de sa main qui tenait le monstre :

« Celui-là, il est foncé, grand-père, il te plaît ?

– Ils me plaisent tous.

– C'est pas vrai. Tu m'as dit que je les faisais trop clairs.

– C'était pour de rire : tu as dit que mes dessins sont trop foncés, alors moi, j'ai dit que les tiens sont trop clairs.

– Je n'avais pas compris que c'était pour de rire.

– Ce n'est pas grave, on ne peut pas tout comprendre.

– Alors je deviendrai bon en dessin comme toi ?

– Il vaudrait mieux pas.

– Tu vois que tu n'aimes pas mes dessins.

– Je les aime beaucoup. Ce sont des dessins d'enfant et tous les dessins d'enfants sont beaux.

– La maîtresse dit que les miens sont les plus beaux.

– La maîtresse ne sait pas grand-chose et se trompe beaucoup.

– C'est pas vrai, protesta-t-il, et il me frappa la jambe avec son monstre, doucement, comme pour renforcer son désaccord.

– Aïe », dis-je pour plaisanter, et je lui donnai un petit coup sur l'épaule avec l'index et le majeur.

Il sourit, sembla content. Il s'écria : on-dirait-qu'on-jouerait, et me frappa plus fort à la jambe. Puis il se mit à crier, pris par le jeu : on-dirait-qu'on-jouerait, on-dirait-qu'on-jouerait, et chaque fois il me frappait avec sa vilaine bestiole, de plus en plus fort, en rafale. Jusqu'au moment où il changea de refrain : meurs, meurs, et où j'essayai de parer les coups qui à présent me faisaient mal. Mais il me frappa aussi sur le dos de la main avec laquelle je me protégeais, je sentis l'éraflure causée par les cornes du monstre, je lui attrapai le bras tandis qu'il s'apprêtait encore à me frapper :

« Ça suffit, tu m'as fait mal. »

Il dit doucement sur un ton conciliant :

« On-dirait-qu'on-jouerait.

– Ça ne s'appelle plus jouer, regarde ce que tu m'as fait. »

Je lui montrai la longue griffure sur ma main. Il examina ce sillon de sang, murmura pour se justifier : tu veux jamais jouer ; puis il ajouta en essayant de contenir le tremblement soudain de son menton : je vais faire un bisou sur ta coupure et ça passera.

Je le laissai me donner un bisou pour éviter qu'il se remette à pleurer, maintenant j'avais mal aussi à la jambe gauche et dans la fesse.

« C'est passé ? demanda-t-il.

– C'est passé, mais ne refais plus jamais ça. Tu sais où est le désinfectant ? »

Il savait, bien entendu. Il m'invita à le suivre dans la salle de bains, me montra l'eau oxygénée.

« Tu sais ouvrir la bouteille ? demanda-t-il.

– Bien sûr que je sais l'ouvrir.

– Pas moi.

– Pour une fois, essaie de ne pas l'apprendre. »

Je le poussai hors de la pièce et fermai la porte. J'examinai ma jambe et ma fesse, là aussi j'avais de petites blessures, que je désinfectai. Avec l'âge, même une égratignure m'effrayait, j'imaginais l'engrenage : infection, septicémie, hospitalisation en urgence. Je ne crois pas que c'était la peur de la mort, mais plutôt des désagréments engendrés par la maladie, l'agacement de devoir bouleverser mes habitudes quotidiennes. Ou c'était peut-être la terreur à l'idée d'une mort longue : je préférais flancher d'un seul coup, en un instant, et cesser à jamais de respirer.

« Tu es derrière la porte ?

– Oui.

– Ne bouge pas.

– D'accord. »

Je perçus son anxiété d'avoir commis l'irréparable et j'eus honte d'avoir perdu patience. En sortant, je lui dis :

« On va manger et puis on se mettra au travail ensemble.

– On va dessiner ?

– Oui.

– Dans la même pièce ?

– Bien sûr, sinon on ne risque pas de travailler ensemble. »

9.

Pendant le déjeuner, j'essayai d'être le plus affectueux possible. E l'enfant aussi veilla à ne pas contrarier notre future collaboration. Pour commencer, au lieu de me commander à la baguette au moment de mettre le couvert, il me laissa faire. Il réussit même à ne pas se mêler de l'utilisation du micro-ondes, nécessaire pour décongeler les plats de Salli. Il se contenta d'enquêter, mais en restant prudent dans ses questions sur la façon dont nous allions travailler ensemble – il employa ce verbe lui aussi – et pendant combien de temps. Je lui répondis qu'on allait travailler très, très longtemps, jusqu'à ce qu'il fasse nuit, et je l'assurai – il me l'avait demandé en plaçant des intervalles gênés entre les mots – que, en plus de ses propres peintures, il pourrait aussi utiliser les miennes. Je compris qu'il tenait beaucoup à ce jeu de la collaboration, à coup sûr plus qu'à jouer à l'escabeau ou à me réduire de nouveau à l'état de cheval, et je me dis que j'avais donné les bâtons pour me faire battre. J'espérai qu'il se lasserait vite, avant que je me lasse, moi, et que je pique une colère en oubliant qu'il n'avait que quatre ans.

Pour préparer notre installation dans le séjour, on alla chercher feuilles et peintures dans sa chambre. L'enfant voulut me donner la main, comme si nous nous aventurions dans une forêt périlleuse où il devait m'empêcher de m'égarer. Je m'aperçus que j'avais laissé l'accès au balcon ouvert et m'apprêtai à le refermer, mais il m'appela pour que je l'aide à mettre son matériel dans un sac. Quand on repartit enfin vers le salon, il me donna à nouveau la main et je compris que la véritable intention de son geste était de me retenir dans ce climat affectueux si prometteur.

Arrivé à pied d'œuvre, il s'assura qu'on ne pouvait pas rapprocher davantage sa chaise de la mienne et on s'assit. Puis il sembla se rappeler une chose urgente et déclara : je vais chercher des coussins. Je lui demandai pourquoi et il s'évertua à me prouver que sa position était très inconfortable et que, pour être bien assis, il avait besoin de coussins sous les fesses. Il disparut et n'en finissait pas de revenir ; je me sentis seul, incommodé par le ciel gris, la lumière somnolente, mes petites blessures à la jambe et à la fesse, la brûlure de la marque rouge sur ma main. Au moment où, de mauvaise grâce, je m'apprêtais à aller voir ce qu'il fabriquait, il revint en courant avec un des coussins bleus que sa mère laissait par terre pour qu'il ne prenne pas froid. Il le posa sur sa chaise, grimpa et, après avoir vérifié qu'il était bien installé, me demanda s'il pouvait utiliser mes feuilles, qui lui semblaient plus adaptées que les siennes. Je l'y autorisai. Alors seulement je me calai contre mon dossier, allongeai les jambes sous la table et, pendant que Mario attendait patiemment que je lui confie une tâche, passai en revue le travail des jours passés.

Feuille après feuille, ma déception alla croissant. Je me doutais déjà que je n'avais pas donné le meilleur de moi-même, mais les dix planches que j'avais réalisées me semblèrent différentes de ce que je croyais avoir fait. J'essayai de me tranquilliser, de ne pas tomber dans une insatisfaction excessive, et me tournai spontanément vers l'enfant, qui lorgnait par-dessus mon bras. J'avais besoin d'un avis et il n'y avait que lui, là, près de moi, à pouvoir m'en donner un. Je lui demandai s'il aimait ces planches. Je ne jouais pas, j'étais sérieux, et ce fut un moment d'absolue vérité, qui m'étonna le premier.

À ma question, Mario devint tout rouge. Au lieu de regarder les planches, il me dévisagea pour savoir, je pense, si le jeu avait commencé. Je poussai devant lui mes feuilles empilées dans l'ordre où je comptais les proposer à l'éditeur pour la mise en page et il fixa la première, la buvant des yeux – vieille métaphore que j'ai toujours trouvée merveilleuse : objets et personnes se dissolvent, se liquéfient tandis que l'œil devient bouche et gorge, transformant l'irréductibilité du monde en potion. L'enfant déclara :

« Celle-là, tu l'as faite claire, regarde tout ce jaune. »

Je le dévisageai d'un air perplexe, avant de revenir à la planche, et constatai qu'il avait raison. Involontairement et à rebours de choix stylistiques désormais ancrés chez moi, j'avais utilisé beaucoup de jaune, ou du moins ces effets que Mario définissait comme du jaune. Avais-je cherché son approbation ? J'eus envie de rire, l'enfant s'en aperçut et demanda, l'air sérieux :

« J'ai dit quelque chose qu'il ne fallait pas ?

– Non, le rassurai-je, non, continue, dis-moi ce que tu penses. Grand-père est content de t'écouter. »

Mais, à ce moment-là, le téléphone sonna. La barbe, dis-je, et l'enfant fut d'accord avec moi, il s'écria : ne réponds pas, c'est des attrapes par téléphone, papa leur crie toujours qu'il ne veut pas qu'on lui casse les pieds. Le téléphone sonna encore une, deux, trois, quatre fois, nous mettant à cran tous les deux. J'y vais, dis-je, et Mario me conseilla : crie, comme ça ils auront peur et ils ne nous dérangeront plus.

J'allai à la cuisine, le téléphone n'était pas sur sa base, je l'avais laissé sur le meuble, près de l'évier. Je répondis. Ce n'était aucune de ces personnes qui gagnent péniblement leur vie en essayant de fourguer toutes sortes de marchandises par téléphone, c'était Betta.

« Tu n'avais pas dit que tu appellerais à l'heure du dîner ? lui demandai-je, en arpentant le couloir le téléphone à l'oreille.

– Si, mais ce soir je ne pourrai pas, Saverio intervient à dix-neuf heures et après on est pris.

– Ça va mieux, entre vous ?

– Non, au contraire, c'est pire. Il est tellement stressé par son intervention qu'il dit n'importe quoi. Il prétend que je vois mon ami pendant que lui relit son texte dans notre chambre. Dans sa paranoïa, ce con a failli me gifler en public il y a cinq minutes.

– Te gifler ?

– Oui.

– Dis-lui que s'il ose, je le tue.

– Tu le tues ? » Elle qui, une seconde avant, se lamentait éclata de rire. « Tu te sens bien, papa ?

– Très bien. Dis-lui. »

Elle riait sans retenue à présent, comme quand elle était petite.

« D'accord, promit-elle en s'étouffant à moitié, je transmettrai : mon père a dit que si tu me gifles, il te tuera. »

Elle n'arrivait pas à se calmer, il lui semblait impossible que j'aie pu ne serait-ce que formuler ce qui à ce moment m'apparaissait comme un geste facile. Je lançai d'un ton grave :

« Quitte-le, Betta, tu es encore jeune, tu es belle et intelligente. Trouve-toi quelqu'un d'autre, qui te corresponde mieux, et faites un enfant, une fille, tiens. »

Elle rit encore, mais son rire désormais sonnait faux.

« Tu es fou. Comment ça se passe avec Mario ?

– Il a dit que tu ne devais pas nous déranger.

– Je suis contente. Vous faites quoi ?

– On dessine.

– Tu as vu comme il est doué ?

– Ça, oui.

– Embrasse-le de ma part, dis-lui que je l'aime, on se rappelle demain. »

Je retournai auprès de Mario. Je tenais vraiment beaucoup à son avis, même si je me sentais bête de lui accorder autant d'importance. Je découvris qu'entre-temps il avait regardé toutes les planches et les avait empilées en bon ordre à sa droite. Alors ? demandai-je. Il ne dit rien, voulut savoir d'abord qui avait téléphoné, si c'étaient les escrocs que son père envoyait promener. Quand je répondis que j'avais parlé à Betta, il regretta et protesta parce que je ne l'avais pas appelé. J'eus du mal à le convaincre que sa mère était prise par son travail et du mal à le ramener à mes planches.

« Tu ne veux plus jouer ? demandai-je.

– Si.

– Alors, comment sont mes dessins ?

– Beaux.

– Sûr ?

– Mais ils me font un peu peur.

– Obligé, c'est une histoire de fantômes. »

Il secoua la tête, peu convaincu, examina à nouveau les feuilles une à une, il en cherchait une en particulier. Il la trouva, me la montra :

« L'homme assis, qui c'est ?

– Le personnage principal de l'histoire.

– Comment s'appelle-t-il ?

– Spencer Brydon.

– C'est lui, le fantôme ?

– Les fantômes sont les personnages derrière la vitre.

– Ils pleurent ?

– Ils crient.

– Leurs bouches ne sont que des trous, ils n'ont même pas de dents. Fais-leur des dents au moins.

– Ils sont bien comme ça. Et le jaune, qu'en dis-tu ? »

Il réfléchit avant de répondre :

« Le jaune ici, c'est moche. »

Je me crispai, il n'y avait pas de jaune à l'endroit qu'il indiquait. Voyait-il là aussi une occasion de jouer ? Il me sembla insupportable qu'il donne des réponses fantaisistes. D'un autre côté, à quoi prétendais-je ? J'avais des attentes insensées. Demander à un morveux d'évaluer mon travail et le lui demander avec un réel besoin d'être rassuré : stop, stop. J'écourtai : d'accord, maintenant tu fais ton dessin, et moi le mien. La chose ne fut pas de son goût, on se chamailla. Il avait imaginé qu'on dessinerait ensemble sur la même feuille et je dus batailler pour le convaincre que chacun devait se consacrer à son propre travail sans déranger l'autre.

« Je dessine quoi ? demanda-t-il de mauvaise humeur.

– Ce que tu veux.

– Je vais faire comme toi.

– D'accord.

– Je vais faire un fantôme.

– D'accord.

– Comme ça, on travaille ensemble.

– D'accord. »

J'étais prêt à hausser la voix s'il m'empêchait de travailler, mais ce ne fut pas nécessaire. Je l'oubliai au bout de quelques secondes, et il ne fit rien pour me rappeler son existence. Naturellement, je sentais qu'il était à côté de moi, mais somme toute cela me sembla positif, je n'avais pas à me soucier de lui, je pourrais travailler tout l'après-midi, retoucher ou recommencer ce qui ne me satisfaisait pas, et peut-être même me débarrasserais-je définitivement de cette hantise. Si l'éditeur ne trouvait toujours pas le résultat à son goût, soit, j'inventerais d'autres façons de tromper la vieillesse. La vie était passée, ce que je pouvais et savais faire, je l'avais fait. Qu'importait si c'était beaucoup, peu ou rien. J'avais consacré tout mon temps avec plaisir à cette vocation et, maintenant que le temps s'était envolé, le plaisir aussi. Ma main sentait de plus en plus la fatigue, autrefois masquée par la satisfaction. Désormais, en revanche, l'insensibilité glaciale de mes doigts ne se laissait pas oublier, elle sapait mon imagination, triomphait même de mon autodiscipline farouche. Je m'en aperçus, je n'avais aucune envie de continuer à m'escrimer, je renonçai en repoussant les feuilles. Je regardai une fois de plus mon tableau rouge et bleu avec sa cloche, puis m'adressai à Mario. Il était penché sur sa feuille, la touchait presque de ses lèvres entrouvertes, de son nez. Tu as fini ? demandai-je. Il ne me répondit pas. Je répétai ma question et il me lança un regard opaque, dit oui et ajouta :

« Et toi, grand-père, tu as fini ? »

Ce fut mon tour de ne pas lui répondre. Il avait relevé le visage de sa feuille et je pouvais apercevoir son dessin, les couleurs. Rien à voir avec les maisonnettes et les prés encadrés dans ce séjour ou avec les dizaines de bonshommes exposés dans sa chambre. La feuille de l'enfant témoignait d'une extraordinaire capacité de mimétisme, d'un sens inné de la composition, d'un rapport créatif à la couleur. Il m'avait dessiné, très reconnaissable, moi maintenant, moi aujourd'hui. Et pourtant je transpirais l'horreur, j'étais vraiment mon fantôme.

« Tu as fait d'autres dessins comme celui-ci ? lui demandai-je.

– Il te plaît pas ?

– Il est magnifique. Tu en as fait d'autres comme ça ?

– Non.

– Dis la vérité.

– C'est la vérité. »

Je lui montrai les feuilles accrochées aux murs de la pièce.

« Ils sont moins beaux que celui-ci.

– C'est pas vrai, ils plaisent beaucoup à la maîtresse, à papa, à maman.

– Alors pourquoi tu as dessiné comme ça maintenant ?

– J'ai copié ta façon de dessiner. »

Je pris la feuille, l'examinai. Ce fut comme recevoir une bourrade si violente qu'elle m'éjectait du centre du monde, me rejetait à sa périphérie. Je me souvins d'un autre choc de même intensité, celui que j'avais ressenti, gamin, quand je ne savais encore rien de mes dons et que je les avais découverts avec un étonnement mêlé de crainte. Mais, tandis que la bourrade de cette époque m'avait amené à croire opiniâtrement et de plus en plus dans mon unicité et ma centralité absolues – ambition démesurée que la mienne –, je sentis que la bourrade contenue dans le dessin de Mario risquait de m'anéantir. Je réagis en rectifiant une bricole. L'enfant en cria presque d'enthousiasme :

« Bravo, grand-père, c'est mieux comme ça. »

Dès que ces mots m'atteignirent – *c'est mieux comme ça* –, je relevai la pointe noire du crayon comme si j'étais en train de blesser non pas la feuille mais Mario, et je détournai le regard, lignes et couleurs me pénétraient comme un poison. Je dis doucement :

« Oui, on a fait du bon boulot aujourd'hui. »

Il devint sérieux. Sur un ton artificiel, en regardant la dernière planche que j'avais travaillée, il murmura avec suffisance :

« C'est bien. Tu as fait le tien très clair.

– On va les signer. »

Il perdit son assurance :

« Je ne sais pas faire comme il faut. Tu m'aides ?

– Non, chacun signe à sa façon.

– Mais si je me trompe, je vais tout te l'abîmer.

– Tu veux signer mon dessin ? »

Il se renfrogna.

« On a travaillé ensemble.

– D'accord : tu signes le mien, et moi le tien ? »

Il cria un oui exagérément enthousiaste et je lui passai ma feuille. Tendu comme un arc, il traça en bas au feutre rouge *Mario* en majuscules irrégulières. Je m'apprêtais à signer son dessin avec le même feutre quand il m'arrêta : pas en rouge, en vert. Je signai *grand-père* en vert, il avait raison, c'était plus cohérent avec les autres couleurs. Mais en même temps une vague d'humiliation montait du fond de mon cerveau. Ce sentiment me parut intolérable et, pour m'en libérer, je m'écriai : maintenant que le jeu est terminé, on détruit tout. Je lui montrai ma planche, celle qu'il venait de signer, puis – étant donné qu'il me regardait, hésitant, avec des yeux où se mêlaient la joie et l'inquiétude – j'en pris une autre et la déchirai en mille morceaux.

« On-dirait-qu'on-jouerait ? demanda-t-il à voix basse.

– On-dirait-qu'on-jouerait. »

Il poussa un cri perçant et collabora à la mise en pièces de tout mon travail avec la joie effrénée des enfants qui défont ce qu'ils ont patiemment construit avec l'aide des adultes. Il déchirait, jetait les morceaux en l'air, criait, riait. Quand il s'apprêta à mettre aussi en pièces son dessin, je l'arrêtai en lui bloquant le bras.

« Aïe », se plaignit-il.

Je lui retirai la feuille :

« Pas celui-ci. Celui-ci, tu l'offres à grand-père qui va le garder. »

Mais à l'évidence il trouvait ce jeu trop amusant et, en me souriant et me défiant du regard, il essaya de m'arracher la feuille. Je le repoussai, il rit. Je n'avais rien compris à cet enfant, il semblait bien élevé, mais ne l'était pas. Il m'attaqua encore, je contre-attaquai. Comme il n'arrivait pas à me reprendre le dessin, il fit voler à travers la pièce crayons, pinceaux, peintures, mon album, en accompagnant chaque objet du cri hilare : on-dirait-qu'on-jouerait. J'essayai de décréter la fin du jeu, mais en vain, et je finis par le descendre de sa chaise, de son coussin, et par lui ordonner :

« Maintenant, tu vas tout ranger. Et tout de suite, avant qu'on se fâche encore une fois. »

Il s'arrêta, passa aussitôt de la gaieté à la bouderie.

« Alors tu m'aides.

– C'est ta faute, alors tu ranges tout seul.

– C'est toi qui m'as dit de déchirer les dessins.

– Oui, mais je ne t'ai pas dit de semer toute cette pagaille.

– On s'amusait.

– Je ne discute pas avec toi.

– Tu es méchant.

– Oui. Et je t'interdis de sortir de cette pièce si tu n'as pas ramassé et rangé toutes mes affaires. »

Que m'arrivait-il ? Je dus me retenir pour ne pas le menacer du plat de la main à un centimètre de sa joue, prêt à lui donner une gifle. Pour compenser, je quittai le séjour en claquant si fort la porte derrière moi qu'un bout de plâtre se détacha de l'encadrement.

10.

J'allai à la cuisine à la recherche de mes cigarettes, que je trouvai près de l'évier. Je sentais que quelque chose de décisif s'était passé dans le séjour, mais, pour démêler mes sentiments, il fallait que je souffle un moment. Je renonçai à fumer, mieux valait une camomille. J'ouvris portes de placard et tiroirs au petit bonheur la chance, ignorant s'il y en avait dans la maison et refusant d'interroger ce Pinocchio au sang belliqueux. Grands dieux, qu'avait-il fait, qu'avait-il su faire, à un pas de moi, assis sur la chaise voisine ? J'avais besoin d'un endroit où réfléchir en paix.

J'allai aux toilettes, urinai laborieusement, ressortis. Je sentis l'air froid, je ne me rappelais pas si j'avais fermé la porte-fenêtre de la chambre de Mario. Il me semblait que non, l'enfant m'avait distrait. J'allai vérifier : la porte du balcon était ouverte. Je poussai la chaise qui la calait, regardai dehors, on voyait encore une traînée de lumière violette à la base du ciel, d'un noir d'encre au-dessus du Centro direzionale. Je découvris alors que le seau n'était plus là, la corde pendait de l'autre côté de la balustrade. Là encore, mon sang ne fit qu'un tour. Quand Mario était allé chercher le coussin, il n'avait pas pu résister : il s'était arrêté pour manœuvrer le seau et, bravant toutes les interdictions, envoyer des jouets à son copain. Tôt ou tard, le père d'Attilio allait revenir protester – ou, pire, sa femme. J'étais en colère, je sortis prudemment sur le balcon. Il y avait du vent, je remontai la corde avec une nausée due à un léger vertige. Heureusement, le seau était encore plein de jouets. J'entendis dans mon dos Mario qui s'écriait tout content :

« Grand-père, on-dirait-qu'on-jouerait ! »

Je me retournai et lui ordonnai :

« Ne sors pas, il fait froid. »

Il ne sortit pas. Il poussa la porte-fenêtre de toutes ses forces et m'enferma dehors.

Chapitre 3

1.

Je ne fis rien. Pendant un nombre de secondes interminable, je restai à la balustrade, la corde entre les mains, le seau encore suspendu dans le vide, le visage tourné vers l'encadrement blanc de la porte et le grand rectangle de son double vitrage. Le bruit de circulation devint insupportable, effaçant tout autre son. Je n'arrivais pas à entendre l'enfant, ni même à le voir. Le jour à ses dernières lueurs ne pénétrait pas dans la pièce. Je lâchai la corde d'un coup, quittai lentement le bord extérieur du balcon, distinguai enfin Mario. Il était immobile, sa petite personne plantée au pied de la porte-fenêtre, les mains encore pressées contre la vitre, le regard coquin. Je ne dis rien, j'avais l'impression de n'éprouver aucun sentiment. Ma seule réaction fut d'appuyer les mains contre la vitre, comme si j'étais une projection de la pose dans laquelle Mario s'était figé, et de pousser énergiquement, persuadé que c'était l'enfant qui m'empêchait de rentrer et que ma force suffirait à vaincre la sienne.

La porte ne bougeant pas d'un millimètre, je perçus enfin l'étendue de mon angoisse. Mes mouvements devinrent frénétiques, de tout mon corps j'exerçai une pression déraisonnable contre la vitre. Puis je capitulai. J'étais coincé dehors et Mario dedans.

Je me retins de hurler, même si à ce moment-là j'éprouvais pour l'enfant une aversion qui m'enflammait les yeux. En moi-même, je m'en pris à Saverio. Cet imbécile avait fait installer une porte sans poignée extérieure, son seul souci avait été d'empêcher les bruits de perturber le sommeil de son fils et les voleurs de pénétrer dans la chambre. De surcroît, alors que la porte était défectueuse, il ne s'était pas occupé de la remplacer ou au moins de la faire réparer, trop à sa marotte de harceler ma fille. Comment Betta avait-elle pu vivre si longtemps avec un tel individu, et même faire un enfant avec lui ? Je me penchai à la hauteur de Mario. Je ne voyais plus que ses mains très pâles contre la vitre, l'obscurité avait avalé le ciel, le balcon, la chambre, l'enfant. Je tapotai avec la jointure des doigts, m'efforçai de sourire.

« Pour ce qui est de jouer, c'est réussi, dis-je à voix très forte. Et maintenant, va allumer, tu veux bien ?

– Tout de suite, grand-père.

– Ne cours pas, ne te fais pas mal. »

Les petites mains disparurent elles aussi, mais pendant quelques secondes seulement. La lumière éclata dans la pièce, fit irruption sur le balcon, ce qui me calma. L'enfant revint en courant, plein d'enthousiasme.

« Maintenant, je fais quoi ? »

C'était bien là le problème : que faire ?

« Tu t'assieds par terre.

– Et toi sur le balcon ?

– Bien sûr, répondis-je en m'accroupissant non sans mal à côté de la porte-fenêtre.

– Et après ?

– Une minute. »

J'avais besoin de réfléchir et surtout de peser mes mots, je voulais éviter qu'il comprenne la gravité de sa bêtise et panique. Il me demanda :

« Tu me vois, grand-père ?

– Bien sûr que je te vois.

– Je te vois moi aussi. On se fait un coucou ? »

Il me fit coucou de la main pour s'assurer que j'étais de bonne humeur, je fis de même. Cela ne lui suffit pas. Il frappa à la vitre en souriant, je frappai à la vitre en souriant. Je cherchai son regard. Ses pupilles brillantes me reflétaient en forme de bonhomme, une figurine qui peu avant était passée miraculeusement entre ses mains et était devenue un dessin qui m'avait estomaqué. Quel minuscule organisme était le sien, et pourtant quelle quantité de monde et de mots il contenait déjà ! Il les combinait en donnant l'impression de comprendre leur signification, en réalité il n'y comprenait rien. Et tout ce qu'il entreprenait était à l'avenant. Il ne comprenait même pas ce qu'il avait dessiné et peint tout à l'heure. Mario n'était qu'un petit échantillon d'une substance vivante dont les potentialités – comme pour tout un chacun – étaient comprimées en attendant de s'épanouir. En l'espace de deux décennies, il mettrait en sourdine par commodité une bonne partie de lui-même – une vaste zone à désaffecter peu à peu – pour courir à la poursuite d'un leurre qu'il appellerait par la suite *mon destin*. Mario, lui dis-je en frappant du dos de la main contre la vitre, et aussitôt il pétilla d'intérêt, il brûlait de recevoir des ordres. Tu sais, lui demandai-je, que je ne peux pas rentrer dans la maison ? Bien sûr qu'il le savait – *je le sais, grand-père* –, mais il n'y voyait rien de mal. On va jouer un peu, dit-il, et après tu rentreras. Évidemment, il imaginait un temps de jeu indéterminé – lui d'un côté de la vitre, moi de l'autre – qui finirait quand il commencerait à s'ennuyer ; alors je rentrerais dans l'appartement.

« Mario, objectai-je, si personne ne m'ouvre, je ne peux pas rentrer.

– Salli te fera rentrer.

– Salli ne vient que demain matin.

– Alors on va jouer jusqu'à demain matin.

– Demain matin, c'est dans longtemps, on ne peut pas jouer autant.

– Tu dois travailler ?

– Oui.

– Tu travailles trop, grand-père. On va jouer, puis papa te fera rentrer.

– Ton papa revient après-demain, et après-demain, c'est dans plus longtemps encore que demain matin.

– Alors c'est moi qui te ferai rentrer. Maintenant, dis-moi ce qu'on va faire. »

Je faillis perdre mon sang-froid, je me retins, croyant sentir mon téléphone dans la poche de mon pantalon, mais je ne trouvai rien d'autre que le paquet de cigarettes et les allumettes. Dieu sait où était mon portable, je ne l'avais pas utilisé depuis un bon moment, le dernier appel que j'avais reçu – ou remarqué, puisque je le laissais systématiquement en mode silencieux – venait de mon éditeur. L'enfant frappa fort contre la vitre, il ne tolérait pas que je pense à autre chose. Je faisais peut-être fausse route, il fallait que je le terrorise, que je lui fasse bien comprendre dans quel pétrin il nous avait mis. Mais désormais j'avais adopté ce ton faussement affectueux et je continuai sur le même registre.

« Mario, dis-je, tu sais où est le téléphone de la maison ? »

Il répondit avec enthousiasme :

« Le téléphone sans fil ?

– C'est ça.

– Bien sûr que je le sais.

– Tu arrives à l'attraper ?

– Oui.

– Sans monter sur une chaise ?

– Oui. »

Il se préparait déjà à courir le chercher, je frappai à la vitre :

« Attends. »

Je lui dis qu'il devait faire autre chose avant : prendre une feuille qui était sur le plan de travail à côté de la cuisinière à gaz et me l'apporter.

« En courant ?

– Non, sans courir. »

Resté seul, je sentis le froid et m'aperçus que j'étais en mules et pull léger. Mais je rentrerais bientôt dans la maison. Sur le papier d'instructions, Betta m'avait laissé je ne sais quels numéros en cas de besoin. Mario manipulait si souvent téléphones et télécommandes qu'il ne serait pas difficile de lui faire composer un de ces numéros et demander de l'aide. Je regardai en bas, dans la cour : c'était un puits noir, pas une fenêtre, pas un des balcons superposés ne luisait. Sur ma gauche, en revanche, la rue, large canal encombré de circulation, était bien éclairée : depuis les lumières de la gare, elle déroulait joyeusement un chapelet rouge de feux arrière et un autre de phares avançant à pas de tortue dans des directions opposées. Les éclats de voix, le rugissement des moteurs impatients étaient violents. Je sentis une plus grande faiblesse que d'habitude, qui n'était pas due à un épuisement physique, mais au dessin époustouflant pondu par Mario. Même l'angoisse de cette situation ne parvenait pas à le chasser de mes pensées.

L'enfant revint en courant, heurta la vitre tout content, y appuya la feuille à deux mains. Je m'accroupis, enlevai mes lunettes. Tourne-la de l'autre côté, lui dis-je. Il la tourna. Parmi les numéros que m'avait laissés Betta figurait celui de Salli, ce qui me soulagea. Je lui demandai de laisser la feuille par terre et d'aller chercher le téléphone. Il répondit d'un ton hésitant :

« J'y suis déjà allé.

– Et alors ?

– Il n'est pas à sa place.

– Qu'est-ce que tu racontes ?

– C'est toi : tu ne l'as pas rangé. »

Mon angoisse monta en flèche. Oui, c'était ma faute, j'avais parlé avec Betta à l'heure du déjeuner, et après j'avais dû être distrait. Quelle caboche, je faisais une chose, pensais à une autre et la vie me filait entre les doigts. J'essayais de me concentrer, mais l'enfant piaffait, répétait en tambourinant contre la vitre : *grand-père, je fais quoi maintenant ?* Maintenant, me dis-je, il faut que je reconstitue mes allées et venues. Je m'étais servi du téléphone sans fil pour la première fois la veille au soir. Betta avait appelé et je lui avais parlé en arpentant la maison. Puis nous avions raccroché et j'avais posé le téléphone à sa place, ou en tout cas à la cuisine. En effet, quand l'appel d'aujourd'hui était arrivé – *grand-père, je fais quoi ?* –, c'était là que j'avais trouvé l'appareil. Mais, ensuite, toute la conversation avec Betta s'était déroulée dans le couloir, je m'en souvenais très bien. Et à la fin – *alors, grand-père ?* – j'avais rejoint directement Mario dans le séjour. L'enfant frappa sur la vitre de ses deux mains pour me signifier son impatience. Dans un mouvement de colère, je m'écriai : ça suffit. Surpris, il battit des paupières et retira ses paumes de la vitre, en les ouvrant comme dans un geste de capitulation. Il avait la bouche entrouverte. Je regrettai aussitôt ma réaction, il ne manquait plus qu'il recommence à pleurer ou qu'il boude et ne coopère plus. Je lui souris et ajoutai : excuse-moi, grand-père réfléchissait ; mais maintenant je sais où est le téléphone, je l'ai sûrement laissé dans le séjour, vas-y sans courir, tu le trouveras sur la table. Son visage s'éclaira aussitôt, à pas exagérément lents il se dirigea vers la porte, fut avalé par le couloir.

Le ciel eut quelques lueurs lointaines. Il fallait que je bouge pour lutter contre le froid. Je me relevai, mais restai immobile, ce tapis de pierre artificiellement tendu au-dessus du vide, qui vibrait au passage des voitures et des trains, ne m'inspirait aucune confiance. À vrai dire, rien ne m'inspirait la moindre confiance à cet instant, ni le fer, ni le béton, ni aucun des immeubles de la ville. Je sentais remonter en moi cette sensation de précarité générale que Naples m'avait communiquée dès mon adolescence et qui, à vingt ans, m'avait amené à fuir. Je revoyais ce magma sauvage de constructions et de corruption, d'abus et de malversations. Je me souvins que chaque moment de la vie dans cette maison et ce quartier avait été marqué par les doigts de mon père sur les cartes à jouer, par son besoin avide du *frisson* qui le poussait à jouer notre propre survie. J'avais lutté de toutes mes forces pour me séparer de lui, de tous mes aïeux, de cette ville malade, et prouver que j'étais différent. J'en avais trouvé la force en présumant que j'étais exceptionnel. Et voici que, sans crier gare, cet enfant qui charriait dans ses veines Dieu sait quels hominidés – cet enfant qui aurait en grandissant des mains larges, de grosses jambes, la jalousie mesquine de son père, une fausse politesse, bref tout ce qui était le plus éloigné de moi – avait réussi sous mes yeux un dessin inattendu, et cela juste pour m'imiter. Il l'avait tiré de lui-même par jeu, l'avait extrait du tréfonds de sa chair, d'allez savoir quel acide nucléique, quel phosphore, quel azote. Il m'avait ainsi révélé qu'il possédait la même puissance que moi-même, enfant, je m'étais attribuée comme signe distinctif. Il ne s'agissait donc pas d'un don qui m'était propre. Au contraire, puisqu'il se manifestait chez lui et peut-être chez n'importe qui – jusque chez le cafetier de l'autre matin –, il ne me définissait pas, comme je l'avais toujours cru. Je compris ce qui m'était arrivé dans la salle de séjour. Le dessin de Mario avait extirpé de mon corps l'idée que je me faisais de moi. Je frissonnai, me blottis contre la vitre comme si la lumière de la pièce pouvait me réchauffer.

Toc toc toc, Mario était de retour. Il tapait le téléphone contre la vitre, il l'avait trouvé. Bravo, lui dis-je. Je le vis très excité, il avait les joues rouges, des yeux enthousiastes. Il s'enquit :

« Et maintenant, grand-père ? »

2.

Les choses prenaient bonne tournure, me sembla-t-il.

« Maintenant, tu prends la feuille et tu la tiens contre la vitre.

– Pourquoi ?

– Pour que j'apprenne le numéro de Salli. »

Il obtempéra. Je répétai plusieurs fois le numéro en remuant les lèvres pour mieux me concentrer ; puis, comme j'avais peur de l'oublier, je le dictai à Mario à voix forte et lui demandai de me le répéter. Il cria, heureux que je le soumette à cette épreuve :

« Trois-trois-cinq-un-zéro-deux-un-neuf-deux-cinq.

– Bravo, encore.

– Trois-trois-cinq-un-zéro-deux-un-neuf-deux-cinq.

– Maintenant, on téléphone. »

L'enfant s'assit par terre.

« Assieds-toi aussi, grand-père. »

Je m'assis péniblement le plus près possible de la vitre. Il répéta les chiffres pour lui en appuyant sur les touches. Quelques secondes et il s'écria :

« Ciao Salli, comment vas-tu ? Moi, ça va. »

Je poussai un soupir de soulagement, criai à mon tour :

« Dis-lui que je suis enfermé sur le balcon et qu'elle doit venir tout de suite avec les clés. »

Mais l'enfant m'ignora.

« Papa et maman ne sont pas encore rentrés. Je suis avec grand-père, ça va très bien. Mais il a claqué une porte si fort que j'ai eu peur. Maintenant, il est sur le balcon et on joue à téléphoner. Ciao, Salli. Ciao ciao ciao ciao. »

Il éloigna le téléphone de son oreille et me regarda :

« Je fais un autre numéro ?

– Salli, hurlai-je en couvrant sa voix, ne raccrochez pas, s'il vous plaît. Je suis sur le balcon, enfermé dehors. J'ai besoin d'aide, Salli. »

L'enfant me regarda, hésitant, je devais avoir une expression terrible. Il dit :

« Salli n'y est pas.

– Salli n'y est pas parce que tu as coupé la communication.

– Je n'ai pas coupé », murmura-t-il.

Je poussai un long soupir :

« Rappelle-la : tu te souviens de son numéro ?

– Trois-trois-cinq-un-zéro-deux-un-neuf-deux-cinq.

– Très bien. Refais-le. »

Il appuya sur plusieurs touches, pas nombreuses pour tous ces chiffres. Il agit vite, avec une fausse assurance, et une partie de moi se demanda en sourdine s'il téléphonait vraiment.

« Mario, s'il te plaît, refais le numéro et concentre-toi bien. »

Sa lèvre supérieure trembla.

« En vrai ou pour jouer ?

– En vrai. Vas-y : trois-trois-cinq. »

Il me coupa :

« Je ne sais pas téléphoner en vrai, grand-père. »

Je me tus, je ne comprenais pas. Je demandai :

« Tu ne connais pas les chiffres ?

– Juste un, zéro et dix.

– Et la télécommande ? Tu composes le numéro de la chaîne de dessins animés et tu ne sais pas utiliser le téléphone ?

– Je suis petit », répondit-il, et il me sembla qu'il en souffrait. Mais on ne sortait pas de là, il était petit pour de bon et ses mathématiciens de parents avaient donné une grande place aux mots, pas aux chiffres. Quand Mario utilisait la télécommande pour aller sur les chaînes de dessins animés, il recourait à une mémoire visuelle. Mais avec le téléphone il était dépassé, il appuyait sur les touches au petit bonheur la chance. Et c'était à cela qu'il s'employait maintenant avec des gestes saccadés, pour se donner une contenance. Je regardai courir ses doigts et pensai : quelqu'un répondra peut-être quand même, et j'étais déjà prêt à lui crier : ça suffit, écoute si quelqu'un dit allô. Mais je m'aperçus à ce moment-là que les touches n'émettaient aucun son, que l'écran était noir, bref que la batterie était vide.

« S'il te plaît, dis-je, va tout de suite remettre le téléphone à sa place. »

Mais, peut-être parce que le froid m'empêchait de bien prononcer ou que la consigne n'avait pas été assez péremptoire, Mario resta où il était.

« On joue plus ? demanda-t-il, les yeux fixés sur le téléphone.

– Non.

– Parce que je ne sais pas téléphoner pour de vrai ?

– Non, parce que le téléphone ne marche pas.

– On peut très bien jouer avec le téléphone qui ne marche pas, papa et moi on le fait, c'est toi qui ne veux pas jouer.

– Mario, arrête de discuter et va reposer ce téléphone à sa place. »

L'enfant se leva, mais en laissant l'appareil par terre. Il déclara :

« C'est ta faute s'il ne marche pas, c'est toi qui ne l'as pas rangé. Maman dit que tu ne penses qu'à ce qui t'intéresse.

– D'accord, mais obéis.

– Non, je vais regarder des dessins animés. »

Il sortit de la chambre malgré mon hurlement :

« Reviens ici, Mario, il faut que tu m'aides. M'aider, c'est un jeu aussi. »

Une minute passa, puis deux, j'espérai qu'il s'était caché quelque part, attendant un nouvel appel qui lui permette de faire la paix. Mais non. Je frappai à la vitre, criai à nouveau, mais cette fois sur un ton persuasif : Mario, viens, j'ai pensé à un jeu formidable. Et c'était vrai, je voulais l'envoyer chercher mon téléphone portable. Tout serait plus simple : je pourrais lui montrer le symbole des appels sortants, puis le nom de sa mère, et, une fois qu'on aurait appelé Betta, elle pourrait joindre

Salli et l'envoyer ici. Mais, pour toute réponse, l'appartement résonna des voix tour à tour flûtées ou caverneuses des dessins animés mis à plein volume. Je m'époumonai – *Mario, Mario, Mario* –, en vain : il était clair qu'il ne voulait pas m'entendre. D'un autre côté, même s'il m'avait entendu, même s'il était revenu sur le balcon, où avais-je laissé mon portable ?

J'eus du mal à m'en souvenir et, quand cela me revint, je fus encore plus accablé. Mon téléphone était juste en face de moi, à quelques mètres de l'autre côté du double vitrage. Je l'avais posé sur l'étagère la plus haute, au milieu de babioles qui avaient appartenu à Betta petite, et cela pour qu'il soit hors de portée de Mario. En effet, il n'arriverait jamais à cette hauteur, pas même en montant sur une chaise. Et même s'il y arrivait, cela ne servirait à rien. Je me souvins à cet instant que je ne l'avais pas chargé depuis au moins trois jours, mon portable était sûrement aussi inutilisable que le téléphone sans fil.

Quelle imprévoyance stupide, je ne me souciais que de l'inessentiel. Je restai tapi contre la vitre, effrayé à la seule idée de me lever. J'étais comme ces gens qui ont une sainte horreur de l'avion et passent tout le voyage sans aller aux toilettes, ni oser croiser les jambes, terrorisés à l'idée que, s'ils quittent leur siège, ils déséquilibreront l'avion, lequel s'inclinera, se retournera, tombera en piqué et s'écrasera au sol. D'un autre côté, il me fallait inventer quelque chose, crier, essayer – que sais-je – d'attirer l'attention des voisins, des passants. Mais comment ? Je me trouvais au sixième étage, en retrait de la rue, ma voix étouffée sous le bruit. Sans compter que si personne ne semblait remarquer le volume excessif des dessins animés, qui mes cris étranglés par le froid pourraient-ils bien alerter ? Je poussai un soupir : il s'agissait là d'excuses et je le savais. Ce qui me retenait vraiment de gesticuler et d'appeler à l'aide, c'était la honte. J'avais voulu être *plus* que ce lieu où j'avais grandi, j'avais cherché l'approbation du monde. Et maintenant que j'étais à la fin, à l'heure des bilans, je ne supportais pas d'apparaître comme un bonhomme hystérique, qui crie au secours sur le balcon du vieil appartement de son enfance, d'où il s'est enfui plein d'ambitions. J'avais honte d'être enfermé dehors, j'avais honte de ne pas avoir su l'éviter, j'avais honte de révéler cette perte du plein contrôle de moi-même qui m'avait permis de ne jamais solliciter l'aide de qui que ce soit, j'avais honte d'être un vieux emprisonné par un enfant.

À propos, l'enfant : qui m'assurait qu'il était bien assis dans un fauteuil devant la télévision ? Il déambulait peut-être dans l'appartement, en proie à tous les mots que ses parents lui avaient inconsidérément inoculés. Il pouvait allumer le gaz. Brûler et se brûler. Ouvrir les robinets et provoquer une inondation. Se noyer dans la baignoire ou se blesser avec les lames de rasoir de son père. Grimper sur les meubles, les renverser sur lui, se faire écraser. Mon imagination multiplia les dangers et plus mon angoisse pour le sort de Mario augmentait, plus il m'apparaissait – par un glissement incongru – comme un ennemi, un ennemi déjà adulte et puissant. Je repensai à son expression quand il m'avait lancé : je vais regarder des dessins animés. Je n'avais jamais eu cette force, la force de dire : ou tu fais comme je te dis, ou tant pis pour toi. Pour autant que je m'en souvienne, j'avais été un enfant réservé. Certes, j'avais souvent nourri de solides élans de méchanceté, mais toujours choisi des voies détournées pour les exprimer. Mario, lui, possédait les chromosomes des gens qui affrontent quiconque s'oppose à eux et ont gain de cause. Ou, allez savoir, j'exagérais peut-être à présent, ce n'était qu'un enfant, avec un comportement d'enfant. Le problème, c'était moi, qui avais dilapidé toute ma vitalité et étais désormais exaspéré par le seul fait de percevoir l'énergie de ce corps minuscule. Il avait réussi à discréditer même mes capacités artistiques, pensai-je. Il m'avait prouvé qu'il pouvait apprendre de moi, en peu de temps, les bricoles que je savais faire. Il m'avait prouvé qu'il était capable de les faire mieux, là tout de suite, à quatre ans. Et cela, pour que j'entrevoie ce qu'il saurait faire par la suite, quand, sa croissance terminée – au cas où, bornant ses mille autres possibilités de petit animal féroce, il suivrait la même voie que moi –, il m'effacerait par sa virtuosité, effacerait tout souvenir de mes œuvres, me confinerait à une place de parent doté d'une timide vocation créatrice, de segment temporel médiocrement employé.

Je décidai de me remettre debout, il fallait que je trouve une solution. Je lançai un regard circonspect en bas en me tenant fermement à la rambarde. Quelques lumières brillaient désormais. Je ne voyais pas très bien, mais il me sembla que le premier étage était éclairé, la clarté se répandait sur l'obscurité de la cour. Je pourrais – pensai-je – compter sur l'inimitié de la mère d'Attilio. Je projetai de la provoquer en faisant descendre le seau de jouets, me proposai de les narguer, elle et son mari, en faisant se balancer le récipient devant leur porte-fenêtre. Ce que je fis, mais je me sentais idiot, un type de plus de soixante-dix ans qui joue comme un gamin. Je vérifiai que le seau pendait à la hauteur du premier étage, au jugé je décidai que oui. Je me tins à la rambarde de la main gauche et, de la droite, imprimai un mouvement oscillatoire à la corde, en espérant que quelqu'un apparaîtrait dans la tache de lumière, la bouche pleine de jurons. Rien. Accablé, je laissai pendre le seau un certain temps, les battements de mon cœur résonnaient dans mon crâne. Puis, toujours en me tenant de la main gauche, je remontai un peu la corde pour la lâcher ensuite brusquement, plusieurs fois. Toujours rien. Alors je ramenai le seau dans un geste de colère, ce fut fait en un éclair, il était léger. Je comptais lancer les jouets en bas, essayer de frapper le balcon. Mais quand le seau fut à portée de main, je découvris qu'il était vide.

3.

Je m'en réjouis : quelqu'un, en l'espace de ces quelques minutes, avait pris les jouets. Était-ce Attilio ? Sa mère ? Son père ? Dans tous les cas, cela déclencherait une réaction. La femme surtout se sentirait insultée, elle se précipiterait ici pour sonner rageusement. Ah, bénie soit la rage. Maintenant, il fallait simplement trouver une façon de convaincre Mario d'éteindre la télévision ou au moins de baisser le volume, on risquait de ne pas entendre la sonnette, ni lui ni moi.

Je retournai à la porte-fenêtre, le seau encore à la main. Je frappai de ma paume libre en criant : Mario, viens voir grand-père, il faut que je te dise quelque chose de très bien. Mon sang battait à mes tempes, j'avais mal à la gorge, je mourais de froid. Je finis par changer de ton presque sans le vouloir : Mario, qu'est-ce que tu fais, ne me mets pas en colère, viens ici tout de suite. Et pendant que je m'époumonais, de plus en plus hors de moi, peut-être à cause de l'effort, peut-être à cause de l'hémoglobine et de la ferritine, surgit devant moi, de l'autre côté du double vitrage, un spectacle répugnant. Le mur d'en face, celui contre lequel s'appuyait mon lit, était devenu un énorme morceau de lard, strié de bandes de maigre rougeâtre, dont le gras pullulait de visages malveillants.

Je fermai les yeux, les rouvris. Le lard était toujours là, fourmillant de petites têtes vivantes, et me souleva le cœur. Atterré, j'essayai de chasser cette hallucination par d'autres images, mais je ne réussis qu'à la remplacer par une vision lourde d'une menace plus immédiate. Je vis la porte d'entrée à laquelle Mario devrait se précipiter si un des occupants du premier étage sonnait. Le tableau était hyperréaliste avec les deux battants marron, le métal sombre du blindage, la poignée, le bouton du verrou. Et je compris que même si toute la famille montait : père, mère, Attilio, ses frères ; même s'ils sonnaient comme des forcenés ; même si je réussissais à communiquer avec Mario et à l'envoyer devant la porte, jamais il n'arriverait à l'ouvrir parce que je l'avais fermée moi-même de l'intérieur pour l'empêcher de descendre chez son petit copain. Mario ne pouvait atteindre le bouton du verrou qu'en utilisant l'escabeau. Mais il ne serait jamais capable de le sortir du débarras, de l'ouvrir, de le placer au bon endroit. Et même s'il y arrivait, à quoi cela servirait-il ? Ses mains d'enfant n'auraient pas la force de tourner par deux fois le bouton et d'ouvrir.

Un long moment passa. J'en ai ma claque, pensai-je, j'ai froid, il va pleuvoir, je ne veux pas mourir sur ce balcon que je déteste, je vais tout casser. Et, comme aucune contre-indication ne me vint à l'esprit, je pris le seau dans ma main droite et l'abattis contre la vitre avec le peu de forces qui me restaient. Je m'attendais à ce qu'elle éclate en mille morceaux, je m'efforçai de me tenir à une certaine distance pour ne pas me blesser. Mais le seau produisit un bruit de balle de caoutchouc heurtant un obstacle et rebondit sans causer le moindre dommage. Alors je perdis toute mesure et m'acharnai, enchaînant des coups ponctués de cris où moi-même croyais entendre ma gorge se déchirer. Comme la vitre ne bronchait pas, j'arrêtai, exténué, sentis une douleur au poignet, le frottai. Mais déjà j'étais prêt à passer aux coups de pied et je n'y renonçai qu'en me souvenant à temps que je portais de simples mules et que je me briserais les os sans ébranler la porte-fenêtre.

Que j'étais devenu fragile ! Si autrefois j'étais sûr de chacun de mes gestes, si je croyais qu'un seul coup de crayon bien pensé réussirait à fendre une montagne, désormais une vitre était encore trop pour moi. Je vis mon reflet, le seau à la main, les jambes écartées, penché en avant, le visage marqué par deux cavités profondes sous les arcades sourcilières et la large courbe des pommettes surmontant des joues maigres. Alors, ainsi fouetté par le vent, écrasé par la noirceur du ciel, les nerfs écorchés par le vacarme de la rue, transi de froid, je me trouvai soudain comique. Voilà un type de soixante-quinze ans en piteux état, cheveux en bataille, pantalon tombant : il est censé s'occuper d'un enfant, en réalité il est incapable de s'occuper de lui-même. Je repensai à l'idée de Mario de remonter le vide avec le seau et j'eus envie de rire. C'était peut-être la seule véritable issue dans cette situation : faire descendre le seau une fois, deux fois, trois fois, mille fois, annuler l'abîme, enjamber la rambarde et aller chercher de l'aide. Il fallait s'armer de patience et de zèle, tirer des seaux et des seaux de tout ce vide qui avait terrorisé ma mère et, à présent, m'effrayait moi aussi. Le balcon ne serait alors rien d'autre qu'un fragment de pierre serti entre le double vitrage de l'appartement, les baies de la gare et les vitres des voitures et des maisons d'en face, solidement encastré dans un ensemble bien organisé. L'enfant avait le coup d'œil. Qui était-il et qui deviendrait-il en grandissant ? Petit, je m'étais senti avec fierté le creuset des attentes les plus diverses de ma mère. La fierté l'illuminait quand l'instituteur lui disait : cet enfant est hors du commun, il fera de grandes choses dans la vie. Elle revenait à la maison forte des paroles pleines d'autorité de l'école. Elle leur faisait confiance. Nous n'avions personne dans la famille dont elle se souvenait qu'il eût accompli de grandes choses. On n'en trouvait pas non plus parmi nos amis, connaissances ou voisins. Ceux qui accomplissaient de grandes choses étaient des figures rares, on ne les rencontrait pas, on ne pouvait pas leur parler, on ne pouvait pas les toucher. J'étais le seul à être hors du commun, c'était l'instituteur qui l'affirmait. Et elle le répétait à mon père, à tout le monde, ce qui me comblait d'aise. J'étais rempli de cette phrase jusqu'aux yeux, j'en ai été rempli toute ma vie, même si le doute ne m'a pas épargné. Qu'étaient réellement ces grandes choses ? En quoi se distinguaient-elles des petites ? Quelle autorité établissait si elles étaient, dans mon cas, grandes ou petites ? Puis, les années passant, la concurrence avait sérieusement augmenté. Tant que nous n'avions été qu'une poignée d'aspirants à ces grandes choses, croire en notre nature extraordinaire avait relevé de l'acte de foi strictement personnel. Il était facile de nous sentir uniques ; quant à en donner la preuve, bah, quelques modestes réussites suffisaient, accompagnées d'un zeste de présomption et des symptômes affichés de dépression ou de folie bien en phase avec les lieux communs qui entourent le talent. Mais, au fil du temps, les personnalités d'exception s'étaient multipliées. Déjà il y a quarante ans, les gens exceptionnels se pressaient nombreux aux portes étroites des fabriques d'art et de culture. Au point qu'aujourd'hui – je me le disais souvent en bougonnant dans la solitude de mon appartement milanais –, c'est en masse qu'on clame désespérément son exception sur les routes infinies des télévisions et d'Internet : l'excellence est partout, mal payée, souvent au chômage. J'y réfléchissais confusément depuis plusieurs années déjà et parfois cette pensée me déprimait. Qu'avais-je été en réalité ? Un simple membre de l'avant-garde qui avait ouvert la voie à la foule des créateurs contemporains ? Un de ces individus sans blason qui, il y a plus d'un demi-siècle, avaient provoqué une illusion d'excellence de plus en plus massive ? À bien y penser, j'avais vieilli dans la conviction que se présenterait tôt ou tard un événement énorme qui me définirait avec une extrême clarté et me permettrait d'en finir avec les doutes. Cette péripétie attendue depuis toujours, ce serait une œuvre de moi d'une envergure indiscutable qui, en surgissant dans le monde, prouverait que je n'étais pas présomptueux. Aujourd'hui l'événement clarificateur avait eu lieu, dans la ville de mes origines qui plus est. Il ne s'agissait pas d'une œuvre, il s'agissait de cet emprisonnement ridicule sur le balcon de ma préadolescence. L'instrument en avait été un gamin casse-pied, Mario, qui avait voulu jouer à l'artiste avec son grand-père et, par jeu, avait chassé de mon corps en un claquement de doigts la plénitude dont les compliments désormais bien lointains de mes instituteurs et professeurs l'avaient armé ; un gamin qui, par jeu, m'avait enfermé dehors. Et là, exposé au vent glacial et à la menace de pluie, il me semblait enfin voir la vérité avec évidence. Mon corps ne s'était pas vidé de son énergie ces derniers mois à cause de l'opération. Mon corps avait toujours été vide, depuis mon adolescence, depuis mon enfance, depuis ma naissance. Je m'étais leurré sur moi-même, j'étais devenu par entêtement ce que je n'étais pas apte à devenir. Certes, j'avais travaillé dur et la chance m'avait souri. Les compliments de l'enfance avaient été relayés par un accueil élogieux et un succès notable. Mais je pouvais toujours retourner le problème dans tous les sens, j'étais sans qualités, j'étais vide. L'abîme ne se trouvait pas de l'autre côté de la rambarde, l'abîme était en moi. Et ça, je n'arrivais pas à le supporter. Je me serais enfoncé le seau dans la bouche si seulement j'avais pu évacuer ainsi mon vide intérieur.

Je me touchai le front : des gouttes de pluie. Je jetai rageusement le seau par-dessus la rambarde, me précipitai à la porte, m'y heurtai. Mario, criai-je avec tout ce qui me restait de voix, et à ma grande surprise mon appel résonna si fort que je m'immobilisai, aux aguets. Plus de fond musical, petites voix flûtées et autres borborygmes : les dessins animés s'étaient tus. L'enfant avait dû finir par éteindre la télévision.

4.

J'attendis dans l'angoisse. Mario apparut, la mine réjouie, les yeux encore remplis de Dieu sait quel personnage de dessin animé.

« Il le poursuivait, grand-père, dit-il en riant, et il s'est écrasé contre un arbre. »

Je ne demandai pas qui était ce *il*, j'avais trop peur que l'enfant ne s'embarque dans une explication circonstanciée.

« Tu t'es bien amusé ?

– Oui.

– Bien. Maintenant, tu ferais quelque chose pour moi ?

– Tout de suite.

– Peux-tu essayer de tourner cette poignée comme fait ton père quand la porte est bloquée ?

– Il faut que je prenne une chaise.

– Ce n'est pas nécessaire, tu y arrives sans ça.

– Mais, pour le faire bien, il faut que je sois grand comme papa. »

Il n'attendit pas ma permission, alla chercher une des chaises de la chambre, la poussa contre la porte-fenêtre.

« Fais attention.

– J'y arrive bien. »

Il grimpa sur la chaise tandis que je me demandais anxieusement : s'il tombe et se casse quelque chose, comment je fais ? Mais il ne tomba pas. Debout, il attrapa la poignée.

« Tu dois y mettre de la force.

– Je sais. »

Lèvres serrées, regard concentré, il déplaça la poignée vers le haut puis vers le bas, et cria enthousiaste : ça y est. Je poussai prudemment la porte. Ça n'y était pas du tout, la porte était fermée.

« C'est bien. Tu peux réessayer ?

– J'ai ouvert.

– Mario, ce n'est pas un jeu, réessaie. Il faut que la porte s'ouvre en vrai. »

Il évita mon regard, fixa le sol.

« J'ai faim.

– Sois gentil, essaie encore.

– J'ai faim, grand-père. »

La pluie était arrivée, je la sentis glacée sur mes oreilles, dans mon cou. Je dis :

« Si tu veux manger, il faut que tu me fasses rentrer dans la maison. Essaie encore. »

Il pleurnicha :

« Je n'ai même pas eu mon goûter, je le dirai à maman.

– La poignée, Mario.

– Non, dit-il en se fâchant, j'ai faim. »

Et, sans crier gare, il sauta en bas de la chaise, me donnant un coup au cœur.

« Ça va ? » demandai-je.

Il se redressa.

« À l'école, je saute mieux que tout le monde. »

Allez savoir combien de choses il estimait faire mieux que tout le monde. Et allez savoir combien de temps il lui faudrait pour réduire son nombre de records, le ramener à un ou deux, conclure qu'il ne brillait sérieusement en rien. J'insistai :

« Tu es sûr que tu ne t'es rien fait ? Pourquoi tu te frottes la cheville ?

– J'ai un peu mal ici. Je vais aller chercher à manger, comme ça je n'aurai plus mal.

– Mario, l'appelai-je tandis qu'il s'apprêtait à disparaître en faisant semblant de boiter, attends, j'ai faim moi aussi.

– Je t'apporte du pain.

– Ne te risque pas à couper le pain avec le couteau », criai-je quand il était déjà dans le couloir.

Mais cette unique interdiction était-elle suffisante ? Combien d'initiatives encore aurais-je dû lui interdire ? Se préparer un toast. Se faire une omelette. Utiliser le four à micro-ondes pour décongeler un plat de Salli. Et une infinité d'autres. Il avait l'appartement entier à sa disposition pour rendre vraisemblable sa comédie d'homuncule omniscient. Saverio l'avait exercé à trop de manipulations inadaptées à ses quatre ans et il se protégeait par le jeu. Il pouvait se persuader de savoir tout faire, puisque jouer lui permettait de se cacher ses échecs. Comme il était habile à mimer des compétences, avec quelle désinvolture il se les attribuait ! Je me souvins d'une époque lointaine où l'on parlait aux enfants dans un langage d'enfant. C'était un jargon loufoque, mais il marquait la distance, on ne poussait pas les petits à verbaliser comme des grands pour ensuite se vanter de leur quotient intellectuel. Ma femme et moi étions parmi ceux de notre génération qui avaient banni des mots comme *bobo*. À trois ans, Betta parlait comme un livre, peut-être plus encore que son fils. Nous en étions très fiers et l'exhibions en l'interrogeant comme un perroquet. Résultat ? Une enfance surdimensionnée, suivie de la frustration de ne jamais réussir à donner ce qu'elle se sentait vouée à donner. C'était peut-être pour cela qu'elle disait à Mario : pan-pan les menottes.

À vrai dire, moi aussi, en ce moment, je lui aurais volontiers fait pan-pan les menottes. J'allais crier à l'enfant une autre injonction – tout en me protégeant les cheveux d'une main : l'humidité allait affaiblir mon ouïe, j'aurais mal à la tête, mal aux oreilles, mal au cou, la fièvre –, quand je crus entendre un coup de sonnette. J'attendis en retenant mon souffle. Les gens du premier avaient-ils trouvé les jouets et la mère d'Attilio lançait-elle une expédition punitive ? Je me concentrai, essayant d'éliminer les bruits de la rue. Oui, pas de doute, encore un coup de sonnette. Je frappai contre la vitre, Mario, Mario, Mario. Cette fois, l'enfant arriva en courant :

« La sonnette, grand-père, c'est maman.

– Ce n'est pas maman. S'il te plaît, tu peux m'écouter attentivement ?

– C'est maman, je vais ouvrir.

– Tu ne peux pas ouvrir, Mario, écoute-moi : cours à la porte et dis très, très fort exactement ceci : mon grand-père est enfermé sur le balcon, appelez quelqu'un. Répète. »

Mario secoua la tête.

« Je sais très bien ouvrir, c'est maman. »

Je persistai en m'efforçant de prendre un ton calme :

« Mario, je t'assure que ce n'est pas maman et que tu ne peux pas ouvrir, il y a le verrou. Va à la porte et répète ce que je te dis : mon grand-père est enfermé sur le balcon, appelez quelqu'un. »

Nouveau coup de sonnette nerveux. Mario n'y tint plus, s'exclama : j'y vais, et détala.

J'attendis, la pluie s'intensifiait. J'avais beau tendre l'oreille, je ne saisissais pas grand-chose à cause de la circulation. J'imaginai que l'enfant essaierait de toute façon d'ouvrir. J'imaginai qu'il tirerait une chaise près de la porte pour tenter d'atteindre la poignée de cuivre. L'animal était têtu, je doutais qu'il répète tout de suite la phrase que je lui avais dictée. Mais j'espérais que, dressé comme il l'était, il finirait par s'y résoudre pour le simple plaisir de la prononcer. Je guettai le moindre son et, malgré le bruit du tonnerre, un nouveau coup de sonnette arriva à mes oreilles. Quelle qu'elle fût, la personne qui patientait sur le palier s'apercevrait de la présence de Mario derrière la porte, j'excluai que l'enfant garde le silence. Il ne dirait peut-être pas exactement ce que je lui avais soufflé, mais à coup sûr il ne manquerait pas de crier. J'y comptais et, en attendant, j'étais dévoré d'anxiété. Pas de nouveau coup de sonnette. Les gens du premier avaient-ils renoncé ou le contact était-il établi ?

Mario réapparut dans la chambre.

« Ce n'était pas maman, dit-il.

– Qui était-ce ?

– J'ai ouvert et il n'y avait personne.

– Dis la vérité, Mario, tu as ouvert pour de bon ? »

Il regardait par terre, boudeur.

« Je vais manger.

– Attends, réponds-moi : tu as ouvert pour de bon ou tu joues ?

– J'ai très mal au ventre, grand-père, et maintenant j'ai faim pour de vrai.

– Tu te souviens que tu devais dire : mon grand-père est sur le balcon, il ne peut pas rentrer ? Tu l'as dit ?

– Zut, je veux plus jouer, j'ai faim. »

5.

Il s'en alla, maussade. Dans quel pétrin m'étais-je fourré ? J'étais las de tout, surtout de l'enfant. Par sa faute, je me retrouvais sous la pluie, qui tombait dru à présent. Je tournai le dos à la chambre, cet appartement me sortait par les yeux, j'essayai de me plaquer le plus possible contre la vitre pour ne pas être trop mouillé. L'eau était projetée par le vent qui soufflait en rafales hurlantes, comme dans les romans gothiques, et les gouttes dessinaient autour de mon ombre allongée sur le balcon une scintillante broderie mobile. Non, pas moyen de s'abriter. La pluie me frappa de plein fouet, tout fut trempé : mon pantalon, mes mules, mon pull. Des cascades bruyantes tombaient de la corniche, le ciel était traversé d'éclairs en série, suivis de coups de tonnerre interminables. De la rue déjà inondée montaient des concerts d'antivols inutiles. Mais surtout il me semblait que la pluie se déversait en plus grande quantité sur le trou de la cour, dans l'espace entre les immeubles. Un tourbillon glacé se levait de ces ténèbres comme si le balcon éclairé était un pont jeté sur un torrent en furie.

La peur me saisit, je pivotai pour regarder dans la chambre si Mario revenait. Était-il tombé de la chaise après avoir essayé de tourner le verrou, d'où sa mauvaise humeur ? Était-il reparti à la cuisine en m'oubliant, distrait par son besoin de manger ? Et, à la cuisine, que faisait-il ? Et si l'électricité était coupée dans le quartier, si l'appartement était plongé dans le noir, si l'enfant devait se débrouiller tout seul, si moi je restais encore plus seul sous la pluie ? Je claquais des dents, incapable de me contrôler, j'avais l'impression de ne plus savoir respirer. L'eau dégoulinait de mes cheveux mouillés dans mes yeux, mon cou, mes oreilles, et mon cœur était pris dans un étau d'angoisse. Les images que j'avais inventées moi-même ces derniers jours vinrent me tourmenter : l'ancien appartement pénétrait l'appartement actuel ; mes esquisses décollaient de leur support et ainsi mes anciennes personnalités possibles et probables se pressaient en vague ; les fantômes brisaient toutes les barrières – innombrables *moi*, avortés ou à la brève existence – et rôdaient dans la maison à ma recherche. Quel aboutissement stupide. Bientôt j'eus mal au cou et à la nuque, fus pris de vertige et de nausée. Avec la nausée revint l'énorme morceau de lard strié, matière originelle répugnante. Mais il n'en jaillissait plus de petits visages désireux de prendre le large. En revanche, le lard avait enseveli Mario et toute sa petite personne ramassée sur elle-même et luisante de graisse était prête à sortir de cette gangue. Inutile de fermer les yeux, inutile de les rouvrir, ce personnage ne partait pas. Voilà ce que je devrais dessiner. Le fantôme que je cherche, c'est Mario, il était sous mes yeux depuis mon arrivée. Sa matière vivante contient tous les possibles : ce qui s'est manifesté à travers la longue chaîne d'accouplements et d'accouchements qui l'a précédé, ce qui s'est défait et perdu dans la mort, ce qui attend de se manifester depuis un million d'années et maintenant se contorsionne, se débat, s'élance, réclame un présent dans le futur, veut être dessiné, peint, photographié, filmé, téléchargé, transmis, raconté, repensé. Quel fantôme stupéfiant était l'enfant, si petit et si doué. Je ne le supportais pas, je ne supportais plus rien. Mon dos recevait les rafales de pluie dans toute leur violence. Le souffle froid de l'eau – je l'imaginais – avait dû atteindre le petit balcon, transformé en un radeau resplendissant au-dessus de la pâte noire qu'était devenue la ville liquéfiée. Jusqu'à un énorme coup de tonnerre dont tout Naples trembla. Mario déboula dans la chambre, un morceau de pain dans chaque main, en criant :

« Grand-père, j'ai peur. »

Il faut que je le retienne ici, pensai-je, je dois le cajoler, il ne me reste que lui.

« Il n'y a pas de raison d'avoir peur, dis-je en m'efforçant de ne pas trembler de froid, le tonnerre ce n'est que du bruit, comme les klaxons, tu entends ?

– Tu es tout mouillé.

– Il pleut.

– Je veux me mouiller moi aussi.

– Dès que tu ouvriras cette porte.

– Je le ferai après avoir mangé mon pain.

– D'accord. »

Il regrimpa sur la chaise en s'aidant de la poitrine et des coudes, puis se mit debout et mordit goulûment dans un des morceaux de pain en me tendant l'autre.

« C'est le tien, dit-il, mange. »

Il le posa contre la vitre, j'ouvris la bouche, mordis dans le vide. Je bégayai :

« Bon, très bon, merci.

– Pourquoi tu parles comme ça ?

– Parce que j'ai très froid. Tu entends le vent, tu vois comme il pleut ? »

L'enfant regarda dehors attentivement.

« Tu es mal ?

– Un peu, je suis vieux. Je peux tomber malade à cause du froid et de la pluie.

– Et mourir ?

– Oui.

– Tu meurs quand ?

– Bientôt.

– Mon père dit qu'il ne faut pas avoir de chagrin quand les gens méchants meurent.

– Je ne suis pas méchant, je suis distrait.

– Même si tu es distrait, quand tu meurs, moi je vais pleurer.

– Non, ton père a dit que tu ne dois pas avoir de chagrin.

– Je vais pleurer quand même. »

En attendant, il engloutit son pain, mais sans jamais oublier de m'inviter à manger le mien. Quand il eut fini, je me décidai. Je lui expliquai : Mario, tu es un enfant extraordinaire, alors essaie de me comprendre. Jusqu'à maintenant, on disait qu'on jouait. Pour jouer, tu m'as enfermé dehors, on a téléphoné, on a mangé. Mais maintenant, le jeu, c'est fini. Grand-père se sent très, très faible. J'ai tellement froid qu'il faut que je me réchauffe tout de suite, sinon je ne vais pas mourir pour de rire, mais pour de bon. Regarde comme il pleut, tu as vu l'éclair, tu as entendu le tonnerre ? La pluie tombe si fort qu'elle forme une mer qui monte jusqu'au balcon. J'ai peur. Je vois de vilaines choses, j'entends de vilaines choses, j'ai envie de pleurer. En ce moment, ce n'est plus moi la grande personne, je suis devenu plus petit que toi. Il faut que je te dise la vérité : maintenant, la grande personne, c'est toi et rien que toi. Tu es plus fort, plus intelligent, il faut que tu me sauves. Mange aussi ma tranche de pain, comme ça tu deviendras encore plus fort. Et puis essaie de bien te souvenir comment débloquer la porte, il faut que tu répètes chacun des gestes de ton père. Tu peux le faire, tu sais le faire ; à ton âge, tu peux tout et tu sais tout. Tu m'écoutes, Mario ? Tu as compris dans quel pétrin tu m'as mis ? Tu as compris que si je meurs ici, dehors, ce sera ta faute ? Et tu vas voir ce que tu vas prendre quand ta mère reviendra ! Allez, dépêche-toi, on ne joue plus. Concentre-toi et tourne comme il faut cette putain de poignée.

J'avais bien démarré. Je m'étais lancé dans ce petit laïus pour tenter une dernière fois de transmettre à l'enfant une idée de réalité, de responsabilité, d'implication maximale. Mais moi-même je n'éprouvais plus ces sentiments, ma voix d'abord affectueuse était devenue sans que je le veuille de plus en plus agressive. Si bien qu'à la fin j'avais craqué, la panique m'avait envahi et la fureur avec. *Tu m'écoutes, Mario ? Tu as compris dans quel pétrin tu m'as mis ? Tu as compris que si je meurs ici, dehors, ce sera ta faute ? Et tu vas voir ce que tu vas prendre quand ta mère reviendra ! Allez, dépêche-toi, on ne joue plus. Concentre-toi et tourne comme il faut cette putain de poignée.* Dès lors, quelque chose céda et par cette brèche se déversa toute l'aversion que j'éprouvais pour lui depuis le jour de mon arrivée, depuis qu'il m'avait dit que mes dessins étaient trop foncés. Je criai en dialecte, lançai des coups de pied dans la vitre, oubliant, cette fois, que je pouvais aggraver la situation en nous blessant lui et moi.

Comment en arrivai-je là ? Je l'ignore. Il est certain qu'en frappant la vitre, c'était lui que je voulais frapper, mais non pas tant cet enfant déterminé debout sur sa chaise – non, c'est sûr, pas lui – que la silhouette en lard qui me hantait, ce concentré de puissance informe que je voyais désormais en lui, toute cette substance vivante répugnante qui explose sans cesse dans des visages semblables à des bubons, devient langage, se modèle et se remodèle, elle et tout ce qui l'entoure, agit par copier-coller, toujours victime d'illusions et toujours déçue. Au dernier coup que je décochai, je devais avoir l'aspect de la plus effroyable ombre des enfers accourue boire du sang frais. Mario, dont les yeux étaient déjà baignés de larmes, sursauta, recula et tomba de la chaise.

6.

La peur de ce qui pouvait être arrivé à l'enfant m'arrêta net. Je renonçai à briser la vitre à mains nues, gardai la droite levée sous la pluie cinglante. Où était Mario, s'était-il blessé ? L'eau m'aveuglait, je n'entendais que ses cris. Mario, appelai-je, tu t'es fait mal, ne pleure pas, réponds. Il était par terre, à côté de la chaise. Étendu sur le dos, il agitait les bras, donnait des coups de pied et pleurait comme le font les enfants inconsolables, sans aucune retenue, en hurlant de désespoir. Il était petit, totalement exposé. Je n'avais jamais eu l'occasion tous ces jours de le voir aussi désarmé, à court de mots ou de regards entendus. Il ne contrôlait pas ses mouvements, et ses larmes ne visaient pas à obtenir ceci ou à protester contre cela, c'étaient des larmes de désarroi, d'effondrement, un type de larmes qui couvaient depuis Dieu sait combien de temps derrière sa façon de clamer *moi je sais, moi je fais*, par laquelle il avait essayé de gagner l'approbation d'un grand-père incompréhensible, qui lui exprimait sans cesse son inimitié.

« Mario, écoute, viens ici.

– Non », hurla-t-il encore plus fort, et il chassait ma voix en distribuant des coups frénétiques dans le vide. Il n'arrêtait plus de pleurer, j'eus peur, il était tellement agité qu'on l'aurait dit en proie à des convulsions. Puis, peu à peu, cette frénésie retomba, le désespoir s'éloignait. Je l'invitai :

« Lève-toi, qu'on voie ce que tu t'es fait.

– Non.
– Tu as tapé la tête ?
– Non.
– Tu as mal quelque part ?
– Oui.
– Où ?
– Je sais pas.
– Viens, je vais te faire un bisou là où tu as mal.
– Non, c'est toi qui m'as fait tomber.
– Je ne l'ai pas fait exprès.
– Je le dirai à maman.
– D'accord, mais viens chercher un bisou, les bisous, ça soigne.
– Les bisous, ça sert à rien, il faut une pommade.
– Les bisous, ça sert, on parie ? »

Il se releva tout rouge, dégoulinant de larmes et de morve, les lèvres luisantes de salive, secoué de sanglots qui n'avaient plus la même violence. Il me semblait le voir traîner derrière lui à chaque pas des lambeaux de la pièce, des filaments blanchâtres du mur de graisse, des protéines et des enzymes. Je sentis que cette petite marionnette vivante possédait aussi – *aussi* – une chose dont j'avais cru, au cours des soixante-dix dernières années, qu'elle m'appartenait en propre et qui au contraire venait de très loin. Elle avait transité d'un segment de chair-os-nerfs-temps à un autre, entre ruptures féroces et embrasements, tour à tour disparaissant et réapparaissant. Allez savoir combien d'individus, qui en étaient les premiers étonnés, avaient tracé des signes ambitieux sur l'eau ou dans la poussière, relié la nuit des lueurs d'étoiles et esquissé des aventures mouvementées en suivant les lignes fortuites des rochers, en remontant les rides des écorces ou encore en *suçant* les cartes du bout de leurs doigts qui modelaient le sort, bon ou mauvais qu'il fût. Les fantômes nichent dans le futur. À présent Mario, son invincible esprit follet, tâtait son genou droit de façon insistante, donnant en spectacle le mal que je lui avais causé. Il approcha son genou de la vitre et je me penchai pour l'embrasser, mais, comme je n'étais pas à la hauteur de la petite jambe douloureuse, je m'agenouillai dans l'eau, me courbai et embrassai la porte-fenêtre, trempant mes lèvres aux rigoles de pluie glaciale qui la dévalaient.

« Comment ça va ? demandai-je.

– Un peu bien.

– Tu as vu que le bisou, ça sert ?

– Oui.

– Qui est le petit-fils de grand-père ?

– C'est moi.

– Bouge ta jambe, montre-moi si tu as mal. »

Il la bougea avec enthousiasme.

« Elle ne me fait plus mal.

– Alors assieds-toi, je vais te raconter une histoire.

– Non, tu trembles de froid. C'est moi qui vais te donner un bisou pour que tu ailles mieux. »

Il embrassa la vitre.

« Tu te sens mieux ?

– Beaucoup mieux.

– Maintenant, je vais aller chercher le tournevis et je vais t'ouvrir la porte. »

J'eus peur à l'idée qu'il reparte, je dis d'une voix réellement suppliante :

« Reste ici, tiens-moi compagnie.

– Je reviens tout de suite.

– Je t'en prie, ne fais rien de dangereux. Viens, on va jouer avec tes jouets, grand-père ne veut pas rester tout seul. »

Impossible, il piaffait, il n'y eut pas moyen de le retenir. Il avait aussitôt réintégré le monde qu'il préférait, celui où tout lui réussissait. Je rassemblai mes forces pour tenter de me relever. La pluie était fine de nouveau, elle cesserait bientôt. Dans quel état j'étais : trempé des cheveux aux chaussons, exposé au vent qui soufflait encore. Cet excès de désastre me plut. Quelque chose s'était passé dans les dernières minutes qui n'arrivait à mon cerveau qu'à présent et qui à ma grande surprise m'apaisait. J'avais dû franchir une limite sans m'en apercevoir et, désormais, je n'arrivais plus à m'inquiéter pour moi. La vie, toute ma vie s'était déportée, avait glissé derrière moi, sans regret. Je n'illustrerais pas James, c'était au-dessus de mes moyens et, de toute façon, je n'avais pas l'énergie pour réessayer. Mon savoir-faire était limité, inutile de tenter d'obtenir mieux. En revanche, le dessin de Mario, lui oui, avait du *mieux*. Un sacré coup de patte, allez savoir s'il porterait des fruits un jour. Et puis zut, cette histoire de fruits, c'était une obsession. Je lui avais accordé trop d'importance depuis mon adolescence, alors que – c'était clair à présent – il ne s'agissait que de tracer des lignes, peindre, bref, cultiver un agréable loisir. J'aurais pu m'investir dans des choses plus vraies, au début j'y avais été porté : changer, arranger, alléger, et enseigner à changer, arranger, alléger. Au lieu de ça, j'avais joué jusque dans mes vieilles années pour tromper le temps. J'avais voulu tenir à distance l'horreur qui se répandait entre les quatre murs de la maison, dans les rues, à la surface de la terre, s'infiltrant dans tout ce qui autour de moi semblait serein, pieux, sacré, et en réalité se déformait, se délabrait, se fragmentait dans la souffrance. Heureusement que Mario revenait déjà. Il s'annonça dans le couloir par un bruit métallique, puis apparut poussant à travers la pièce, jusqu'à la porte-fenêtre, une caisse en fer. L'effort l'avait rendu écarlate, une fois de plus il avait sûrement risqué de se faire mal pour déplacer un tel poids. Je lui dis qu'il n'avait pas besoin d'apporter tous les outils, que s'il lui fallait un tournevis, il suffisait de le prendre et de laisser le reste. Papa fait comme ça, répondit-il, et il s'assit par terre, ouvrit la caisse avec dextérité, en sortit un tournevis à manche jaune.

« Ne monte pas sur la chaise, dis-je soucieux.

– Je ne monterai pas, je dois enfiler le tournevis dans un petit trou là-dessous.

– C'est bien, joue, mais ne raie pas la porte, elle est neuve.

– Je ne joue pas, grand-père, je fais pour de vrai.

– Je suis content pour toi. C'est bien de jouer à faire pour de vrai. »

Il resta assis par terre, mais glissa sur les fesses jusqu'à la porte. Debout, je ne le lâchais pas des yeux, seulement pour m'ancrer à quelque chose de clair et de sûr. En réalité, pour différentes raisons dues à ma position, à l'eau sur mes lunettes, à la buée sur la porte-fenêtre, à la sensation que mes forces allaient définitivement m'abandonner, je ne voyais rien et me contentais d'espérer, mais sans anxiété, que Mario ne se blesse pas avec le tournevis.

« Tu as dit abracadabra ?

– Papa ne le dit pas.

– Ça marche mieux avec abracadabra.

– Abracadabra.

– Alors ? »

Il abandonna son outil par terre, se leva et dit d'un air sérieux :

« C'est fait.

– Bravo », murmurai-je, et je pensai que nous vivons toute notre vie comme si notre habitude systématique d'évaluer et de nous évaluer renvoyait à une vérité irréfutable ; puis, la vieillesse venue, nous nous apercevons qu'il ne s'agit que de conventions, remplaçables à tout moment par d'autres conventions, et l'essentiel est de s'en remettre à celles qui semblent tour à tour les plus rassurantes. Mon petit-fils se releva avec un air très satisfait. Il rangea le tournevis dans la caisse à outils, se conformant comme toujours aux prescriptions de

Saverio et aux règles contre le désordre définies par sa mère. Puis il revint vers moi. Il baissa la poignée avec ses deux mains et la porte-fenêtre s'ouvrit.

7.

Je rentrai, refermai aussitôt la porte derrière moi de peur que le balcon ne me capture à nouveau. Je félicitai l'enfant, mais sans l'effleurer, j'étais trop mouillé. Tu sais tout faire, lui dis-je, quelle foule à l'intérieur de toi, tu es merveilleux. Tout de suite après, j'ouvris le robinet de la douche, me débarrassai de mes vêtements trempés et me glissai en slip et chaussettes sous le jet bouillant. Mario trouva la chose exaltante et voulut m'imiter, je le lui accordai.

« Je garde mon slip et mes chaussettes moi aussi.

– D'accord. »

La chaleur réveilla des forces quelque part dans mon âme, mon esprit, mon souffle vital, mes réactions électrochimiques, que sais-je : en tout cas, rien de comparable avec ce que le corps de l'enfant laissa jaillir en cris aigus et rires pendant tout le temps où l'on dansa sous l'eau et celui qu'on passa dans nos peignoirs, moi blotti contre le radiateur de la salle de bains et lui qui se débattait pour éloigner la tête du souffle du séchoir.

« Tu me brûles.

– Penses-tu.

– Tu ne sais pas faire, c'est pas comme ça qu'on sèche les cheveux.

– C'est vrai, grand-père n'est qu'un vieil imbécile, mais c'est trop tard, on a fini. »

On réchauffa le dernier repas préparé par Salli, on mangea, on se mit en pyjama, on regarda des dessins animés jusqu'au moment où l'enfant s'écroula. Je le mis au lit et allai me coucher moi aussi – j'étais épuisé, mes paupières se fermaient toutes seules –, mais je voulus d'abord mettre en charge le téléphone sans fil et mon portable, puis voir si le bas de la porte-fenêtre présentait vraiment un petit trou miraculeux. Je ne le trouvai pas, mais il faut dire que ma vue laissait beaucoup à désirer. Je n'avais pas posé la tête sur l'oreiller que je m'endormis.

Le lendemain, c'est Salli qui nous réveilla. Comme lève-tard, vous faites la paire, dit-elle en remontant le store. Puis elle montra à l'enfant qui peinait à ouvrir les yeux deux figurines et une voiture : elle voulait savoir pourquoi il les avait laissées sur le palier. Ensuite elle s'en prit à moi vigoureusement : je n'ai jamais vu une telle pagaille dans cette maison, qu'avez-vous fait, vous avez joué avec l'eau ? Je ne dis rien, me bornai à demander : pouvez-vous sortir, s'il vous plaît ? L'enfant, en revanche, cria : je veux dormir encore, ne touche pas mes jouets.

Salli nous prépara le petit déjeuner, nous découvrîmes qu'elle était d'excellente humeur, elle venait de se fiancer avec un serveur de Scafati. Elle nous raconta que ce serveur était timide, avait trois ans de plus qu'elle, était veuf avec quatre enfants adultes. Elle avait pris un jour de congé parce qu'il tardait à lui déclarer sa flamme et qu'elle avait dû lui donner un coup de pouce. Elle me demanda :

« Tu as une fiancée, grand-père ?

– Non.

– Moi, j'en ai beaucoup, dit Mario, mais en s'adressant à moi.

– Je n'en doutais pas, répondis-je. Grand-père, lui, a toujours eu du mal avec les fiancées.

– Si tu veux, je t'en donne une des miennes, proposa l'enfant.

– Moi, je voulais me fiancer avec Mario, intervint Salli, mais il ne m'aime pas et il n'a pas voulu de moi.

– Tu es vieille, dit l'enfant.

– Ton grand-père aussi est vieux.

– Non, pas mon grand-père. »

Pendant tout le temps où je me rasai, Mario voulut rester à côté de moi. Il finit par dire :

« Papa et maman vont peut-être divorcer. »

Je fus content qu'il ait décidé de me faire cette confidence.

« Tu sais ce que signifie divorcer ?

– Oui.

– Je ne te crois pas, explique.

– Qu'ils vont me quitter.

– Tu vois que tu ne le sais pas. Ils se quittent l'un l'autre, mais ils ne te quittent pas. »

Il se tut, embarrassé, puis demanda :

« S'ils divorcent, je peux venir chez toi ?
– Tout le temps que tu veux. »
Il sembla soulagé ; il s'informa :
« Tu travailles aujourd'hui ?
– Non, je ne travaillerai plus.
– Vraiment ?
– Vraiment.
– Papa dit que ceux qui ne travaillent pas ne mangent pas.
– Ton père a toujours raison, je ne mangerai pas.
– Si tu ne travailles pas, on joue ?
– Non, aujourd'hui il fait soleil, on va sortir.
– Mais moi, je ne marche pas.
– Moi non plus. On va prendre le métro. »

Il fut enchanté ; je découvris que, pour lui, le métro était une espèce de Disneyland. Il aimait par-dessus tout les escaliers mécaniques de la place Garibaldi, mais il ne s'en contenta pas, il comptait visiter toutes les stations. On descend, on regarde un peu et on remonte – décréta-t-il –, avec papa on le fait des fois. J'acceptai, on s'arrêta surtout à la station Toledo. On monta et descendit les escalators, il voulut me montrer les jeux de lumière et de couleurs sur les murs. Il m'expliqua : ça, c'est le soleil, grand-père, ici il y a la mer, et là on voit saint Janvier et le Vésuve. La matinée passa à toute allure, puis la journée. Le soir, Betta appela. Elle semblait contente, sur le moment je ne compris pas pourquoi. Puis il apparut qu'elle était fière de Saverio, son intervention avait été très appréciée, on ne parlait plus que de ça au colloque. Et le reste ? demandai-je. Elle répondit : ça va très bien, et elle voulut parler à son fils. Je passai le téléphone à l'enfant, mais épiai leur conversation. Mario raconta dans le détail à sa mère notre exploration du métro, l'informa des fiançailles de Salli, ne fit aucune allusion au balcon.

Du reste, pendant toute la journée, nous n'avions pas soufflé mot du balcon. À un moment, comme j'éternuais et toussais – un méchant rhume s'annonçait –, il avait demandé d'un air inquiet : tu t'es découvert cette nuit, grand-père ? Rien d'autre. Cette histoire n'avait peut-être eu aucun effet sur lui. Ou, plus probablement, parmi son stock de formules d'adulte à dégainer dans les circonstances adéquates, il n'en avait trouvé aucune pour le balcon et, par conséquent, il le laisserait sans paroles pendant Dieu sait combien de temps. La nuit, s'était-il borné à souligner, si on se découvre, on prend froid.

8.

Ses parents rentrèrent le lendemain, vers quinze heures. Je remarquai que, malgré le culte qu'il vouait à son père, Mario se jeta aussitôt dans les bras de sa mère. Elle le souleva, ils n'en finissaient plus de se couvrir de bisous.

« Tu es content que je sois revenue ?

– Oui.

– Comment ça s'est passé avec grand-père ?
– Très bien.
– Tu l'as laissé travailler ?
– Il travaille plus. »

Cette nouvelle ne troubla en rien ma fille, qui réagit en déclarant : il ne travaille plus parce que tu es insupportable, tu as dû joliment lui casser les pieds. Elle rit, elle avait toujours eu de très belles dents, comme Ada. Cet éclair blanc illumina son visage, tout son corps, et me révéla qu'elle avait changé, on aurait dit qu'elle venait de se réveiller après une nuit de rêves heureux qui semblaient vrais. Viens avec maman, dit-elle à l'enfant, et ils passèrent tout l'après-midi ensemble.

Je tuai le temps avec Saverio, même si cet homme m'ennuyait irrémédiablement. J'ai appris, lui dis-je, que tu as eu beaucoup de succès à Cagliari. Il acquiesça d'un air faussement modeste, mais fut incapable de se retenir plus longtemps et, tout en sachant que je ne comprenais rien aux mathématiques, m'expliqua point par point toutes les nouveautés que contenait son intervention. Je sentis fondre le peu d'énergie dont je disposais, éternuai à plusieurs reprises, toussai. Tu es fort dans ton domaine, dis-je à seule fin de l'interrompre. Il répondit à sa manière cérémonieuse : tu es bien plus fort dans le tien. Je m'en défendis et, ne sachant que dire d'autre, lui demandai des nouvelles de Betta et lui.

Ce fut une erreur, il rougit de façon si visible que j'essayai de regarder ailleurs pour ne pas l'embarrasser. J'ai fait et dit des bêtises, admit-il non sans effort, et il parla, le souffle court, tantôt gesticulant, tantôt croisant les mains comme s'il ne voulait plus les laisser en liberté. Il dressa la liste de ses obsessions, les cauchemars qu'il faisait les yeux ouverts. Et il me demanda pardon, il voulut que je lui pardonne ses propos sur ma fille.

« C'était insensé, murmura-t-il les yeux luisants, elle m'aime, elle m'a toujours aimé, et moi je le lui rends en la harcelant. »

Son repentir était sincère, je fus heureux que mon petit-fils le compte dans son génome et le lui dis en plaisantant. Mais Saverio prit la chose au sérieux, il me remercia, puis incrimina la psychanalyse, des années de thérapie sans que disparaissent ses affabulations douloureuses.

« Qu'est-ce que je peux faire ? me demanda-t-il.

– Un peu de tout, grommelai-je, médicaments, sociologie, psychologie, religion, insoumission, révolution, art et même un régime végétarien, des cours d'anglais et une formation en astronomie. Ça dépend des saisons.

– Quelles saisons ?

– Les saisons de la vie. »

Il secoua la tête, on aurait dit qu'il voulait la détacher de son cou.

« Tu plaisantes, mais je suis fait de travers, la jalousie est un gène qui me fait voir des choses qui n'existent pas. »

J'eus envie de sourire, je lui confiai que, pour ce qui me concernait, il en était allé différemment :

« Sans avoir ce gène, il m'est arrivé d'être aveugle à ce qui existait effectivement. Mais, maintenant que je regarde mieux, je découvre partout de grands blocs de lard striés de maigre.

– C'est ton nouveau tableau ?

– Non, c'est la réalité.

– Tu as de l'humour, moi je n'arrive pas à faire rire les autres.

– Moi non plus, mais aujourd'hui je suis de bonne humeur et ça va un peu mieux.

– Tu as fini tes planches ?

– Non.

– Parce que tu es perfectionniste. J'ai toujours pensé qu'on se ressemblait un peu, c'est peut-être pour ça que ta fille m'a choisi.

– Tu crois ?

– Mais oui. Avec une équation, je sais emmener les gens là où ils ne pourront jamais aller, et tu fais pareil d'un coup de pinceau. »

Je n'avais jamais emmené personne nulle part, mais je ne voulus pas le décevoir. On bavarda longuement avec une aisance inattendue, jusqu'au moment où Mario refit son apparition. Il se colla contre une jambe de son père, qui s'enquit :

« Qu'as-tu fait de beau avec grand-père ? »

Mario joua les timides en se tortillant, regardant en haut, regardant en bas – il faisait semblant de réfléchir –, puis il me désigna, tout content :

« Il est allé sur le balcon et on a joué.

– Par ce froid ?

– C'est grand-père qui était sur le balcon, pas moi.

– Ah, d'accord. Et vous vous êtes bien amusés ?

– Oh oui ! »

Betta arriva à son tour. On aurait dit que rien ne pouvait la troubler, ni moi, ni son mari, ni son fils. Elle avait dû passer de rudes moments ces derniers mois, mais à présent elle était prête à défendre son bien-être bec et ongles, mensonge inclus. Elle tenait une feuille à la main, c'était le dessin de Mario qui m'avait tant impressionné.

« Papa, dit-elle sur un ton moqueur, qu'est-ce que c'est : une manière nouvelle, une seconde jeunesse ? C'est beau. »

Elle ne m'avait jamais complimenté pour mon travail, au contraire – je m'en souvins –, à l'adolescence elle avait toujours été très critique, presque blessante, puis à partir de vingt ans elle s'était limitée à une condescendance de fille qui désormais accepte la fatuité de son père.

« C'est mon petit-fils qui l'a fait », dis-je avec fierté.

Mais Mario s'écria presque en même temps :

« J'ai copié sur grand-père. »

Appendice

Le joueur espiègle

Notes et esquisses de Daniele Mallarico (1940-2016), imaginées pour le récit *La Farce*

5 septembre. Il y a un moment où l'on se penche sur l'obscurité. Ils sont venus dans ma chambre, ils m'ont descendu au sous-sol. Les murs étaient verdâtres, le sol nébuleux et les angles couleur terre de Sienne brûlée. J'aurais aimé peindre l'air immobile, la lumière artificielle du bloc opératoire, mais pas à ce moment-là, pas en direct. Mon attention était concentrée sur les médecins, sur la sœur indienne, et je souhaitais qu'ils se décident vite à me couper le ventre, comme ça ils me renverraient chez moi tout aussi vite. La sœur m'a fait asseoir sur le bord, debout devant moi, me tenant les poignets. Quelqu'un s'est affairé dans mon dos. Pendant une longue minute, j'ai beaucoup aimé cette petite femme, je l'ai aimée avec une telle intensité que je n'arrive pas à l'oublier. Pendant ce temps, une vague profonde d'extrême fatigue est arrivée et j'en ai profité pour appuyer mon front entre son épaule et son cou. Il y avait là de douces ténèbres où elle m'a aidé à m'allonger. J'ai vu les barreaux noirs aux longues extrémités pointues qui défendent l'accès de l'immeuble en angle où j'habite.

27 septembre. Mon corps ne se montre guère enclin à récupérer ses forces et j'en ai ma claque de passer mon temps assoupi devant la télévision. Par chance, avant-hier, un jeune éditeur – trente ans maximum et si débordant de vie que chacun de ses gestes ou intonations semble agressif – m'a proposé d'illustrer une édition selon lui luxueuse d'une nouvelle de Henry James. J'ai tergiversé, parce que je pressens, au peu que je connais de James, que c'est un écrivain difficile à illustrer. Mais le type a essayé de me convaincre en insistant sur l'argument financier, il s'est même exclamé deux ou trois fois avec beaucoup de vulgarité et de complaisance : acceptez et je vous fais un pont d'or. Cela dit, quand on en est venu aux choses concrètes, il s'est avéré qu'il n'y avait pas tant d'or que ça, rien de comparable avec ce qu'on me donnait il y a encore cinq ou six ans pour des commandes à peu près équivalentes. Mais à quoi bon me braquer sur mille euros de plus ou de moins, ce n'est pas d'argent que j'ai besoin en ce moment, mais de me sentir actif. Nous avons donc déjeuné ensemble cours Genova, sympathisant en toute hypocrisie, et nous avons conclu notre accord. Depuis aujourd'hui, je peux m'occuper l'esprit avec quelque chose qui me plaît. La nouvelle que je dois illustrer s'intitule *The Jolly Corner*.

29 septembre. Je lis James, mais mon attention est vite distraite. Je me suis souvenu du soir où, dans une petite salle à l'étage d'un bar près du Carmine, mon père avait perdu aux cartes l'intégralité de son salaire touché le matin même. Déplaçant lentement son grand corps maigre, il s'était levé de la table où il avait joué pendant des heures, avait remis dans sa poche son paquet de Nazionali et ses allumettes, salué d'un mot amer ceux qui venaient de le plumer et quitté la pièce. Pour sortir dans la rue, il fallait emprunter un escalier en bois. Mon père n'avait pu en descendre que deux marches, puis il s'était évanoui et avait dégringolé tout l'escalier pour s'écraser face contre terre en s'éclatant les incisives sur le carrelage.

4 octobre. Le rapport entre mon père et Henry James m'est apparu quand j'ai eu terminé ma lecture. Quelque chose du texte s'est fondu avec le mot *jolly*, qui figure dans le titre, et m'a fait penser aux cartes à jouer. Spencer Brydon, le héros de la nouvelle, poursuit un fantôme qui est son *alter ego* new-yorkais. Au début, il le fait avec un certain plaisir, comme s'il s'agissait d'un sport, d'une battue de chasse, d'une partie d'échecs, d'un divertissement à mi-chemin entre cache-cache et le jeu du chat et de la souris. Puis il est la proie d'une immense frayeur, et l'histoire s'arrête là, fin. Mais, pendant que je lisais, j'ai perçu quelque chose que je connaissais et j'ai pensé à la surexcitation qui s'emparait de mon père quand il espérait de tout son être, respiration comprise, attirer les cartes qui lui permettraient de gagner. C'était un joueur invétéré et si, comme Brydon, il s'était imaginé sur les traces d'un spectre, celui-ci aurait été non pas un être sombre comme lui, mais un monsieur allègre et chanceux, devenu millionnaire au jeu. C'est peut-être cette suggestion qui me pousse à m'intéresser au joker dans les jeux où il peut remplacer n'importe quelle autre carte. En jetant un coup d'œil sur Internet pour connaître son histoire, j'ai appris que, même s'il est apparenté au fou des tarots ou à certaines figures de démons chinois et japonais, c'est en fait une invention américaine qui remonte au XIXe siècle. Quand James, en 1906, à soixante-trois ans, écrivit *The Jolly Corner*, la carte appelée *jolly joker*, le joueur espiègle, était assez jeune.

10 octobre. J'exagère ou pas ? Peut-être que oui, même s'il est vrai que j'ai du mal à récupérer. Je vis comme si une partie de moi – peut-être tout moi ou, disons, la partie la plus achevée, mon moi le plus riche en détails – avait un rendez-vous important et devait quitter la maison au plus vite, tandis que l'autre – à savoir mon corps dans son entier, mais réduit à une ligne mince, un pur contour qui me talonne à guère plus d'un mètre – voulait me retenir en tendant une main labile sans tendons, ni veines, ni même ongles, et murmurait de sa bouche à peine ébauchée : psst, psst.

15 octobre. Titres pour une planche reproduisant la façade de la maison. *L'angle fou. L'angle joker. L'angle du possible.* Je relis la nouvelle. Au début, j'étais perplexe, mais désormais je trouve que c'est une bonne idée de mélanger ce que sait James, ce que j'apprends en lisant, ce que plus ou moins arbitrairement *je vois* en isolant des phrases ou des mots. Hélas, il faut que j'aille chez Betta en novembre, mais j'espère finir avant de partir. En attendant, j'ai glané des images de joker et j'aimerais dessiner une carte à l'effigie de mon père. L'appartement de Naples garde quelque part son spectre, celui de ma mère, celui de ma grand-mère et peut-être – au moins pour ma fille – le mien. Investigation sur des ombres.

24 octobre. Le premier messager du déclin est le téléphone, qui sonne de moins en moins souvent. Puis, peu à peu, vous recevez aussi moins de courrier postal et électronique. Je pense souvent : heureusement que je ne suis pas sur Facebook ou Twitter, le signal serait encore plus net. D'un autre côté, le fait que je n'utilise pas les réseaux sociaux montre déjà que je suis déphasé. Certes, des commandes arriveront encore, mais au compte-gouttes, sans la bousculade d'autrefois. Je me dis qu'on ne me sollicite pas, ou peu, parce que je fais le difficile. Mais ce n'est pas ça. La vérité, c'est que la plupart de ceux qui ont apprécié mes talents sont soit aussi âgés que moi, soit morts, soit sur la touche. Il est normal par conséquent que mon portable bourdonne rarement et que je passe l'essentiel de mes journées enfermé chez moi à lire et relire James. Je me dis que comprendre le texte à fond est la première étape pour travailler comme il faut. Mais je suis continuellement distrait, peu m'importent Brydon et Alice Staverton, son amie. Je sais pertinemment que je ne tourne les pages, souligne des mots ou des phrases, reviens en arrière, relis, que pour éloigner le moment où je devrai me dire : j'ai fini, et maintenant ?

Je me réveille de plus en plus souvent – comment dire ? – effrayé. C'est peut-être la faute du journal télévisé, que j'ai l'habitude de regarder avant d'aller au lit. Mais j'ai vécu des époques au moins aussi sombres que celle-ci et il ne m'est jamais arrivé d'ouvrir les yeux le matin et d'avoir peur sans savoir pourquoi. Quelque chose en moi s'est détérioré. La certitude de savoir réagir en toute circonstance s'effrite peut-être. Mon corps est affolé par sa faible réactivité.

29 octobre. La nouvelle de James me rend nerveux. J'ai commencé avec un tas d'idées qui à présent me semblent toutes inappropriées. En attendant, le temps se liquéfie comme un corps putréfié. Le médecin dit que tout est normal et que je me complais dans la convalescence. Faux. Autrefois j'aimais ces interprétations psychosomatiques, à présent elles m'insupportent. La réalité est que je ne me sens pas bien. Pour ma femme aussi, au début, le médecin disait qu'elle n'avait rien, que ses malaises étaient dus au stress, que si nous prenions de longues vacances, elle se rétablirait. Nous avions loué pour l'été une maison à la montagne, mais Betta, adolescente à l'époque, passa son temps à râler et Ada souffrit encore plus de mélancolie qu'en ville. Un jour, elle annonça qu'elle partait se promener et refusa d'emmener notre fille qui, du reste, boycottait toute distraction en notre compagnie. Je me plongeai dans mon travail et remarquai qu'elle n'était pas rentrée quand il se mit à pleuvoir à verse. Je la cherchai en vain dans la forêt derrière la maison, me trempai, pataugeai dans la boue et rentrai à la nuit tombée. J'aperçus de la lumière dans le garage et allai jeter un œil. J'y trouvai Ada plongée dans la lecture, elle n'était pas partie en promenade. Déjà par nature, c'était une femme opaque, j'avais du mal à deviner ses pensées, à déchiffrer ses sentiments. Quand elle tomba malade, elle devint sombre et je m'aperçus alors qu'elle ne m'avait jamais rien livré de son intimité. Elle faisait semblant de ne pas avoir de vie intérieure.

30 octobre. L'éditeur réclame quelques planches. Juste pour situer, dit-il. Mais je me demande bien ce qu'il pourrait situer. Quoi qu'il en soit, il faut que je me mette au travail. L'adolescence gelée, et ingrate semble-t-il, de Spencer Brydon m'interpelle. L'idée qu'il perçoive dans sa tête un petit coin inexploré et dans son organisme des qualités tout à fait communes, mais en sommeil depuis longtemps, peut aussi m'être utile. Une grande part de moi s'est assoupie de la même façon, et précisément à la fin de l'adolescence. J'étais un tout jeune homme, mais déjà marié avec Ada, quand, dans un accès de présomption incontrôlé, j'ai déclaré à une amie qu'il me suffisait d'un crayon pour me dégager de tout : de Naples, de notre amitié, de mon mariage, de l'amour, de mon sexe, de l'Italie, de la planète.

Un anneau d'argent tinte, sonnant le réveil.

3 novembre. Au travail. Comment dessine-t-on les sons ? James recourt à des similitudes. Un *tintement* comme celui d'une cloche au loin. La maison *ressemble* à une grande coupe, dans un précieux cristal concave, qui murmure grâce à un doigt humide qu'on passe sur son bord. Plus facile, la pointe en acier de la canne de Brydon sur le sol en marbre.

12 novembre. Des vibrations en profondeur, des vibrations hors du commun. Un étonnement

spécifique, illogique. Et un frémissement, un afflux de sang qui devient rougeur. Toute cette histoire de fantôme tient là, me semble-t-il. C'est uniquement grâce à la terrible force de l'analogie que les vibrations, l'étonnement, le frémissement, l'afflux deviennent *comme* l'occupant inattendu de la deuxième maison new-yorkaise de Brydon. Bref, le pont qui conduit au spectre est ce *comme*. Il suffit de le faire sauter et les émotions refoulées de Spencer produisent non pas une figure rhétorique, mais une figure inquiétante qui hante la grande maison vide. Je travaillerais bien, peut-être, si j'arrivais au même résultat en utilisant le pastel ou le fusain : changer la vibration fluide, frémissante, stupéfaite du corps en *quelque chose*, en une présence. Mais je n'arrive à rien, je saigne encore, il faut que je refasse mes analyses de sang. J'appellerai Betta pour lui dire que je ne suis pas assez vaillant pour garder leur fils. Elle le prendra sûrement mal, mais il faut qu'elle comprenne : elle ne peut pas téléphoner et dire *viens* sans se soucier de rien, de mon travail, de mon état de santé. Moi, je n'ai jamais demandé d'aide à personne, pas même à elle. Et si je lui en avais demandé, j'exclus qu'elle aurait trouvé le temps de s'occuper de moi. Je me souviens de son appel quand elle a su que je m'étais fait opérer.

« Pourquoi tu ne m'as pas avertie ?

– Ce n'était rien de grave.

– Tu y es allé tout seul ?

– Mieux vaut être seul que mal accompagné.

– Maman aurait été très fâchée.

– Maman a depuis longtemps le privilège de ne plus se fâcher.

– Quelle affirmation stupide.

– C'est vrai.

– Combien de temps es-tu resté à l'hôpital ?

– Une semaine.

– Tout va bien ?

– J'ai perdu un peu de sang.

– Tu n'es pas raisonnable, papa, il fallait me téléphoner. Je viens te chercher en voiture et je t'amène ici. »

Voilà en résumé. Naturellement, elle n'est jamais venue et ne m'a jamais emmené chez elle. Certes, elle a téléphoné deux ou trois fois encore, mais en vitesse, à sept heures du matin, avant de filer au travail.

« Comment ça va, papa ?

– Bien.

– Tu es encore au lit ?

– Oui.

– Tu ne te lèves pas, aujourd'hui ?

– Dans un moment.

– Tu as dormi ?

– J'ai fait des cauchemars.

– Quel genre ?

– Je ne m'en souviens pas.

– Alors pourquoi parles-tu de cauchemars ? »

Je prenais un ton léger. J'expliquais que les cauchemars étaient une aubaine pour moi en cette période, qu'ils m'aidaient dans mon travail. Puis j'ajoutais : je suis au lit, mais j'ai des idées à revendre, je suis réveillé depuis quatre heures.

18 novembre. C'est ridicule à dire, mais j'ai fini par essayer sérieusement de dessiner des vibrations, deux planches couleur rouille où le corps de Brydon tremble et frémit jusqu'au moment où il accouche par l'oreille d'un diablotin semblable au Joker que j'ai découvert sur une vieille carte américaine. Je ne pense pas que l'éditeur appréciera, mais je n'avais pas le temps de peaufiner, je suis parti pour Naples. Voyage exécrable. À Bologne est monté un jeune Noir tiré à quatre épingles qui s'est mis à vociférer au téléphone dans une langue inconnue. Un voyageur qui somnolait en face de moi s'est réveillé en sursaut et l'a apostrophé sans aménité, en le tutoyant : tu peux arrêter de crier, c'est quoi ces façons, je me suis levé à cinq heures. Le jeune homme a aussitôt interrompu son coup de fil pour invectiver l'homme ensommeillé, cette fois dans un napolitain d'une grande violence, farci d'insultes impeccablement prononcées. Silence et regards baissés de tous les autres passagers. J'ai imaginé qu'ils haïssaient et craignaient le jeune homme sans gêne à la fois parce qu'il était noir et parce qu'il était napolitain. J'attendais le moment où ces deux types en viendraient aux mains.

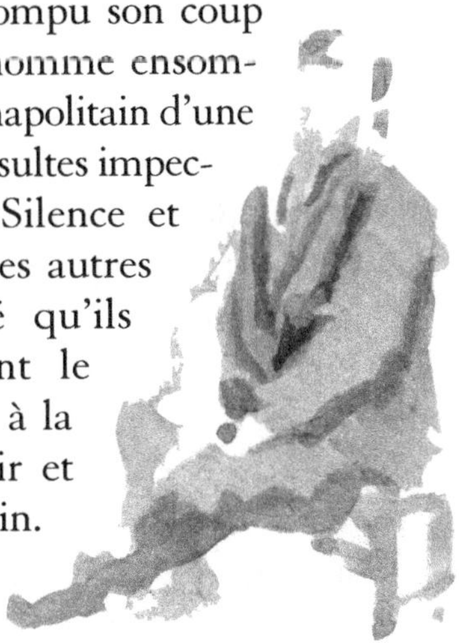

Pour moi c'était inévitable, pourtant ce ne fut pas le cas. Ils ont eu en revanche une prise de bec épouvante, puis le Blanc s'est assoupi et le Noir n'a plus téléphoné, ni dans sa langue ni en napolitain. S'il avait fallu intervenir pour éviter qu'ils s'entre-tuent, où aurais-je trouvé les forces nécessaires ? Et dans quelle disposition d'esprit me serais-je interposé ? En défense de la négritude ? Animé d'un racisme mal dissimulé ? Pour fustiger l'impolitesse, qu'on soit noir ou pas ? En employant un dialecte tout aussi mordant ? Pendant tout le voyage, j'ai sué et souffert du froid, et suis arrivé mécontent. Chez Betta, les radiateurs sont toujours tièdes. Voici un demi-siècle, il n'y en avait pas. Les huisseries étaient mal jointées, les courants d'air étaient assassins, en hiver on se gelait. Et pourtant, je ne me souviens pas de ce froid insupportable, c'est une sensation inédite où se conjuguent la fatigue, la maladie, la mauvaise humeur, la vieillesse. L'enfant m'a semblé suffisant, comme mon gendre. Il aime ce qu'il appelle les couleurs claires. Mais je ne crois pas que mes vieilles illustrations de contes soient trop foncées. Mal imprimées peut-être, mais foncées non. Saverio et Betta ont dû critiquer ma peinture entre eux et Mario les aura entendus. Les enfants s'emparent avec un soin méticuleux des propos émis par leurs parents.

Mario a les traits du Joker.

Toute ma vie, j'ai tenté de justifier la quantité exagérée de temps que je consacrais à mes activités artistiques. Au début, je voulais m'évader de Naples pour m'imposer au monde. Puis j'ai considéré que je devais représenter les horreurs du monde en question pour donner envie de le révolutionner. Enfin, je me suis évertué à briser les canons, en fixer de nouveaux, expérimenter, théoriser, proclamer ceci contre cela. Les grandes raisons me fascinaient, j'avais peur que, sans elles, ma petitesse n'apparaisse au grand jour. Ada n'a jamais cru à mon engagement, ou peut-être seulement au début. Elle s'est vite convaincue que rien ne pouvait me retenir sérieusement, que mon seul but était de me protéger, que j'évitais la vie par peur que mon organisme ne la supporte pas et se blesse. Ta seule grande raison – m'a-t-elle dit un jour –, c'est ton besoin de toujours tourner la tête de l'autre côté : tu *n'es pas* distrait, tu *fais tout* pour être distrait. Elle avait dû percevoir dans ma distraction ce qu'Alice Staverton, l'amie attentionnée de Brydon, appelle le *noir étranger*. Pas un *nigger*, je ne crois pas. Ni même quelqu'un comme le jeune Napolitain à la peau sombre qui a croisé ma route aujourd'hui. Mais un ténébreux moi-même qui l'a effrayée, quelqu'un qui restait dans l'ombre par crainte de la lumière, un étranger jamais accepté, impoli par nature, blessant sans même le savoir. C'est peut-être pour cela qu'elle s'est adressée à d'autres hommes qui lui semblaient moins noirs et l'assuraient qu'avec elle ils ne seraient jamais distraits. Pas Alice. Alice tient sur ses genoux la tête affligée de son ami Brydon, accueille tout ce qu'il est. La dessiner – je m'y essaie – pendant qu'elle se penche sur Spencer et que je, tu et il se confondent en un seul beau visage laid, qu'elle boit des yeux sans se soucier de distinguos. Que je me souvienne, personne ne m'a jamais manifesté autant de miséricorde, cela n'arrive peut-être que dans le monde des signes. On ne peut être aimé vraiment.

Il m'a fallu devenir vieux pour trouver recevable un concept qui en réalité m'a toujours horripilé, à savoir que la force de la beauté tient à ce qu'elle est dépourvue de toute motivation, y compris – écrit James – à l'état fantomatique. Mais désormais il est trop tard, ma tête suit son fonctionnement. J'ai dit à mon gendre, histoire de parler : je n'ai jamais entamé de tableau sans chercher une grande raison qui m'y pousse. Et lui, en prenant des gants : c'est juste, mais si le tableau est petit, une grande motivation ne le grandira pas. Il est ainsi fait, son agressivité se manifeste en toute courtoisie. Un jour – il était passé à Milan –, je me suis laissé aller aux confidences : je crois que j'ai fait tout ce qui m'était possible, le moment est peut-être arrivé de m'arrêter. Saverio a aussitôt approuvé : oui, c'est vrai, à un certain âge, il faut arrêter. Ça m'a contrarié, j'ai ajouté : de toute façon, mon travail a compté et j'espère qu'à l'avenir il comptera encore plus. Il a répliqué : bien sûr ; tu n'es pas Fontana ou Burri, mais oui. J'ai failli rétorquer : qu'est-ce que tu racontes, tu ne sais pas de quoi tu parles, quel rapport avec Fontana ou Burri ? Mais je n'ai pas bronché. J'avais aspiré à bien autre chose que Fontana ou Burri, même si personne ne l'aurait soupçonné, Saverio moins que personne. L'ambition inconsidérée reste en sourdine, honteuse d'elle-même. Mais, secrètement, les hiérarchies fixées par le monde lui semblent sujettes à caution, elle vise si haut qu'elle ne sait se plier à aucun modèle, à aucune

affinité, et n'élit un objet d'admiration qu'afin de le dépasser. Eh oui, l'échec est un corollaire essentiel des véritables grandes ambitions. On échoue en se mesurant à l'excellence, et non à des buts modestes.

La maison est une grande coquille sèche, les pièces sont vides. Dans cette nouvelle, la vacuité est absolue. Quand la *chose* que poursuit Brydon passe du statut d'image mentale à celui de présence, de représentation physique située dans un espace physiquement défini – une maison d'angle entre une Street et une Avenue –, Spencer est terrorisé, il soupçonne que l'autre se trouve derrière une porte fermée qui devrait être ouverte et, pour éviter ce face à face, ouvre une fenêtre au quatrième étage, par laquelle il est prêt à sauter. De plus en plus souvent, le chemin pour nous sauver de nous-même est l'abîme.

Je détestais cet appartement, la forme de l'immeuble, le lieu où il était situé, la ville en son entier. À la mort de mes parents, je l'ai loué un certain temps, puis je l'ai laissé à Betta qui, après un long séjour à l'étranger, était revenue à Naples. J'ai toujours aimé ma fille, mais de façon distraite. Tous mes attachements ont été distraits et, à présent, j'en souffre un peu.

Le crayon s'est emparé de ma main, au point de modifier son geste. Laborieux tant que j'essayais d'illustrer James, mon trait est devenu rapide, si rapide qu'il a provoqué en moi, je ne sais comment l'appeler autrement, une espèce de régression éclair momentanée. En pleine nuit, mes doigts m'ont redonné l'impression qu'ils étaient indépendants, la même impression que j'avais éprouvée enfant, quand je n'avais pas conscience de ce don et que je le découvrais, partagé entre la frayeur et la surprise. Bref, il m'a semblé pendant quelques instants que je revenais à la main autonome de mes douze ans, comme si tout mon parcours d'artiste – les influences de l'époque où il m'est échu de vivre et ma façon de m'y inscrire en essayant de me frayer une voie personnelle – était annulé. Je ne savais plus dessiner à ma manière actuelle. Je savais dessiner, mais comme à cette époque-là.

19 novembre. La forme du fantôme est le fruit des hypothèses de Spencer et des rêves d'Alice. Deux personnalités affirmées puisent en elles une forme possible. Mouvement : ce que James ne raconte pas, c'est de quelle façon l'*alter ego* de Brydon est sorti de l'*indistinctness*. Mais moi, je ne peux pas y couper. Je dois camper l'autre au moment même où il sort de la similitude et se sépare de Brydon pour devenir peu à peu étranger à lui. Je dessinerai des

Brydon qui jaillissent de Brydon, tous différents les uns des autres, et tous différents du Brydon réel.

Dans le séjour, il y a un tableau de moi rouge et bleu, où j'ai inclus une vraie sonnaille, comme on en utilise pour les bêtes au pâturage. L'enfant a tapé fort sur le battant et ça m'a énervé. J'ai dit :

« Mario, ça ne se fait pas.

– Maman me laisse faire.

– Tant que je suis là, tu ne dois pas le faire.

– Tu veux en jouer, toi ?

– Non.

– Papa dit que s'il y a une cloche, c'est pour en jouer.

– Pas de cette cloche, et de toute façon pas maintenant. »

Même quand je prends acte de ma petitesse, je ne la sens pas incarnée par ce que j'ai fait – je me dis même que c'est du beau boulot, en tout cas meilleur que beaucoup d'autres –, mais par la légèreté avec laquelle je me suis attribué la capacité de faire ce qui n'avait jamais été fait.

Je m'arrête sur la scène maîtresse, le moment de la *révulsion*, c'est-à-dire quand le héros réussit enfin à débusquer le fantôme, dont la vue le répugne. En dialecte, « vomir » se dit *vummecà*, mais la petite

bourgeoisie qui se targue de langage choisi dit « rendre ». *J'ai envie de rendre.* Ce passage comporte à la fois un défi explicite et un lieu commun en matière de représentation, du genre : jamais aucun grand artiste ne serait capable de dépeindre tous les détails, et patati et patata. Balancer ce qu'on a dans la tête. Procéder par nausées. Vomir sous l'effort de l'invention. Rendre.

Le *quelque chose* que Spencer pourchasse est une variation de sa chair vivante. Au début, elle est enroulée sur elle-même, puis elle est obligée de se dérouler, il faut qu'elle soit développée, comme si elle était composée d'un nombre stupéfiant de photogrammes d'une pellicule ancienne façon. Ici, à Naples, beaucoup de *moi* ont bourgeonné dès mon adolescence et trépignaient pour s'imposer en se raccrochant aux mille variations possibles de la ville, parce que la matière de Naples est variable, de nombreuses, très nombreuses villes pouvaient tenir en elle, meilleures ou pires encore que celle-ci. Mais ces possibilités ont eu la vie brève, je les ai écartées. Ou peut-être ai-je seulement cru les écarter. Je voulais tenter une seule et unique voie : devenir un artiste de renommée planétaire, un des rares dont le

souvenir restera tant que le soleil ne s'éteindra pas, et peut-être après aussi, sur des planètes habitables aux soleils bénéfiques. Je n'y suis pas arrivé et à présent toutes mes anciennes variations – clones défectueux fabriqués par ma conscience insatisfaite – se contorsionnent avec une force inattendue, comme des vers – vieille comparaison reprise par James – quand on soulève un caillou. Cette nuit, pendant que tout dort – Mario, ses parents pris dans leur guerre, les meubles, l'appartement –, les clones comme en équilibre sur une grande sphère dressent leurs corps entrelacés momentanément alliés, dessinant une forme sinueuse de point d'interrogation. Cette image pourrait convenir, mais il m'en faut d'autres. La variabilité est difficile à dessiner. Je voudrais fixer le moment où l'on est d'une certaine façon et où l'on *se* refuse, en ne laissant que les miettes qui serviront à être un autre.

Que deviendra *cet* enfant dans *cette* ville ? Sa façon de clamer déjà à quatre ans : *moi je sais*, *moi je fais*, tournera-t-elle au vain étalage de notions creuses et de compétences inexistantes, à l'envie corrosive de revanche, à la fanfaronnade ? À quel âge ai-je cessé de me complimenter tout seul ? Tard, je crois. Ou peut-être jamais, pas même aujourd'hui. J'ai beaucoup d'affection – une affection qui au lieu de diminuer grandit avec le temps – pour le moi que j'ai douloureusement sélectionné parmi tant d'autres, *mon moi*. Comme nous aimons, tous, notre esprit follet et son verbiage. L'effort commence quand nous le jetons dans le monde pour qu'il soit aimé autant que nous l'aimons. Ce qui est impossible. Après l'effort vient la déception.

Garçon barbier qui à treize ans époussetait les épaules des clients. Apprenti mécanicien dans un garage, tourneur à l'Alfa Romeo, ouvrier à Bagnoli. Vendeur de pieds de cochon au marché de Porta Capuana. Killer de la camorra, petit filou, nervi, affairiste, politicien qui conjugue la légalité avec l'illégalité, les institutions avec la magouille et la taule. Choisir la voie de l'argent : devenir millionnaire en terrorisant et corrompant les gens honnêtes, en volant et détruisant. Ou choisir la voie des récriminations quotidiennes de l'employé de bureau qui, au bar entre son café et son croissant, joue celui qui aurait pu aller plus loin et en a été empêché par sa virulente honnêteté. Ou rester à sa fenêtre en attendant que ruelles et banlieues lâchent leurs foules de désespérés prêts à renverser l'ordre du monde – ceux d'en haut se retrouvent en bas – et que le sang coule à flots pour qu'enfin chacun donne selon ses capacités et qu'à chacun il soit donné selon ses besoins. Tels sont les fantômes, et bien d'autres encore, qui hantent à présent la maison de mon adolescence. Je n'ai pas besoin, comme Brydon, de recourir à la métaphore de la lettre qui n'a pas été lue et aurait apporté Dieu sait quelle révélation si elle l'avait été. J'ai lu tout ce qui était lisible dans mon existence et je sais que ces spectres me ressemblent. Il serait bon qu'eux-mêmes me considèrent comme une ombre errante et que ma vue les épouvante, mais ce n'est pas le cas. Il y a longtemps, quand j'avais vingt ans, j'ai cru que je contribuerais à vaincre les pires citoyens de Naples et du monde en épaulant les meilleurs avec mes petites œuvres impitoyables et pleines d'espoir. Il n'en est pas allé ainsi : les pires se fichent de l'art, ils veulent du pouvoir, de plus en plus de pouvoir, et pour cela ils continuent à répandre argent et terreur, et réduisent le nombre de ceux qui ne marchent pas dans la combine.

20 novembre. Je ne supporte pas de parler à l'enfant en m'appelant moi-même *grand-père.* Je ne suis pas *grand-père*, je suis *moi.* Je ne suis pas une troisième personne, mais une première. Seulement, ma fille m'a poussé d'entrée de jeu à m'exprimer de cette façon, que j'ai adoptée pour ne pas la contrarier. Ou peut-être aussi pour une autre raison. Il me semble excessif d'opposer mon moi à celui de Mario. Tant pis pour la mièvrerie, il vaut mieux dire : grand-père ne veut pas, grand-père n'est pas content, grand-père va te lire une histoire.

Brydon tend à pister sa proie avec un joyeux entrain de chasseur. Il est tranquille au début, il tient pour acquis qu'il capturera quelque chose qui d'une façon ou d'une autre lui ressemble, il ne doute pas que l'occupant de la maison soit quelqu'un comme lui. En revanche, au fil du récit, le mécanisme de l'analogie se grippe. Le Brydon européen et le Brydon américain, le libertin cultivé et l'homme qui fait des affaires dans l'immobilier n'ont aucune affinité. L'irrégularité prévaut sur la norme, le visage du spectre new-yorkais devient *un indistinct* que Spencer ne réussit plus à matérialiser sur la base d'une ressemblance avec lui-même. James en arrive à remiser le *comme* pour recourir à une anomalie. Une des mains derrière laquelle le fantôme cache son visage est amputée de plusieurs doigts. Quant à Alice, elle me semble en plus mauvaise posture encore que Brydon. L'affectueuse Miss Staverton sait que deux projections totalement incompatibles se sont affrontées dans la maison, et le problème maintenant est de concilier le fringant Européen au monocle raffiné avec le lourd Américain aux doigts mutilés. Le premier *n'est pas comme* le second et pourtant Alice, qui devrait choisir son camp, aime Spencer et, confusément, ne dédaigne pas le fantôme. La conséquence est que Brydon se consume déjà

de jalousie pour du néant qui semblait être lui et ne l'est pas, mais qui, allez savoir, pourrait l'être. Non, je ne trouve pas que ce soit un *happy end*. Loin de là. Une des balivernes qui ont la peau dure, c'est que les histoires puissent réellement bien finir pour de bon.

Je pense à Betta et Saverio. Que m'importent Spencer et Alice, ici je dessine mon gendre, ma fille. Et aussi cette femme, Salli. Nous avons échangé quelques mots. Elle est contente de perdre du temps à bavarder et je veux qu'elle me trouve sympathique, il faut que je puisse compter sur son aide. J'ai compris qu'elle en sait plus que moi sur les tensions entre Betta et Saverio.

« Ça m'attriste pour Mariuccio, a-t-elle dit loin des oreilles de l'enfant. Les gens qui ont des enfants ne devraient pas se séparer.

– Ils n'en sont pas là, c'est juste un peu d'énervement.

– Tu dis ça parce que tu ne vis pas ici et que tu n'entends pas leurs disputes.

– Ça passera.

– Espérons. »

Mais j'ai compris qu'elle ne l'espère pas. D'un côté, elle craint qu'une séparation ne nuise à l'enfant ; de l'autre, on devine qu'elle n'a aucune sympathie ni pour Betta ni pour Saverio. Elle a commencé par des phrases générales comme : ce sont des gens très bien, de grands professeurs, mais ils exigent trop de ce pauvre petit. Puis, peut-être pour ne pas médire de Betta devant son père, elle s'est concentrée sur Saverio : toute cette intelligence, toute cette attention, et après ? Je suis d'accord.

21 novembre. Je me suis réveillé avec le désir d'être puni pour ce que je n'ai pas été capable de faire.

Le corps d'Ada était un puits de science qui avait jailli du tréfonds de générations aisées où l'on recevait une excellente éducation. Quand on avait mes origines, on se sentait devenir meilleur rien qu'en observant bouche bée sa façon de bouger ou de moduler la voix. Elle était faite pour d'autres, je l'ai prise indûment, je l'ai forcée. Ou, du moins, c'est ce que Betta a cru depuis qu'elle était petite. Elle ne s'est pas aperçue que j'ai vécu en subalterne, sa mère savait tout et moi presque rien. J'avais toujours peur de la perdre et me suis défendu en lui imposant les urgences de mon prétendu talent. Si j'avais l'impression qu'elle me négligeait, je lui reprochais :

« Tu ne m'aimes pas.

– Je t'aime énormément.

– Tu aimes ce que je ne suis pas.

– Je sais très bien ce que tu es.

– Donc tu ne m'aimes pas.

– C'est toi qui ne me supportes pas, parce que ce que tu as en tête ne coïncide plus avec moi. »

Nous avons échangé ce genre de propos, y compris quand elle est tombée malade et jusqu'au jour où elle est morte. J'ai essayé de l'extirper de mon corps, de mon esprit. Même après avoir lu ses carnets, je n'ai pas cessé de l'aimer.

Mario s'estime capable de toutes sortes de prouesses. Nous avons eu plus ou moins ce dialogue :

« Tu savais que je peux faire pipi sans tenir mon zizi ?

– Je ne te crois pas.

– C'est vrai, grand-père. Et je fais tout droit, mon pipi tombe pas par terre. Tu en es capable ?

– C'est risqué.

– Pas si tu t'appliques. Essaie.

– Il n'en est pas question. Et ne t'y risque pas, tu mouillerais le carrelage. »

L'enfant est à la fois bien élevé et incontrôlable. Il possède un coup d'œil qui me surprend. Il y a quelque chose de physique dans l'expression *coup d'œil* : choc et rapidité. C'est comme si le globe oculaire – rien de moins contondant – visait et allait frapper une cible, touchant dans le mille avec violence. J'en ai ma claque du langage figuré. J'en ai ma claque des figures, des figurines, des mauvaises figures, ma claque de tout. Il faut que je sois vigilant pour le balcon, je passerai un bon savon à Saverio et à Betta. À force de se préoccuper d'eux, ils m'ont complètement ignoré. Il pourrait arriver à Mario ce qui est arrivé à Salli ; et moi, je m'en sortirais comment ?

Je ne sais pas, ce matin, si j'ai peur pour l'enfant ou peur de l'enfant.

TABLE

Cet ouvrage a été imprimé en France par
CPI Bussière
Z.I. rue Pelletier Doisy
18200 Saint-Amand-Montrond (France)

pour le compte des Éditions Fayard
en mars 2021

Photocomposition Nord Compo à Villeneuve-d'Ascq

Dépôt légal : avril 2021
N° d'édition : 26-5211-9/01 - N° d'impression : 2056829